U0510706

四川大学学派培育项目（大文学研究学派）资助

四川大学中国现代文学文献学文丛

刘荣恩诗集六种

刘福春 编

中国社会科学出版社

图书在版编目（CIP）数据

刘荣恩诗集六种/刘福春编．—北京：中国社会科学出版社，2021.11

（四川大学中国现代文学文献学文丛）

ISBN 978-7-5203-8171-0

Ⅰ.①刘…　Ⅱ.①刘…　Ⅲ.①诗集—中国—现代　Ⅳ.①I226

中国版本图书馆CIP数据核字（2021）第054967号

出 版 人　赵剑英
责任编辑　郭晓鸿
特约编辑　杜若佳
责任校对　师敏革
责任印制　戴　宽

出　　版　中国社会科学出版社
社　　址　北京鼓楼西大街甲158号
邮　　编　100720
网　　址　http://www.csspw.cn
发 行 部　010-84083685
门 市 部　010-84029450
经　　销　新华书店及其他书店

印　　刷　北京君升印刷有限公司
装　　订　廊坊市广阳区广增装订厂
版　　次　2021年11月第1版
印　　次　2021年11月第1次印刷

开　　本　710×1000　1/16
印　　张　19.25
插　　页　2
字　　数　269千字
定　　价　108.00元

总 序

李 怡 刘福春

作为当代中国高校自主设立的第一个博士学位点，四川大学中国现代文献学学科经过了一年多的建设，而作为学科学术的发展则由来已久，今天，这套“中国现代文献学文丛”的问世具有特别的意义。

中国现代文学学科的奠基人王瑶先生曾经说过：“在古典文学的研究中，我们有一套大家所熟知的整理和鉴别文献材料的学问，版本、目录、辨伪、辑佚，都是研究者必须掌握或进行的工作，其实这些工作在现代文学的研究中同样存在，不过还没有引起人们应有的重视罢了。”[①]早在1935年，文学史家刘大杰便在川大开设了必修课“现代文学”，今人皆知刘大杰先生乃古典文学史家，殊不知他一开始就以研治古典学术的方式关注着中国现代文学。1950年，《高等学校文法两学院各系课程草案》将“中国新文学史”规定为大学中文系必修课程，四川大学在当年即建立了现代文学学科，华忱之、林如稷与北京大学的王瑶一起成为新中国现代文学学科的奠基人。与王瑶、单演义等第一代中国现代文学学者相似，华忱之也是从古典文学研究转向现代文学研究的[②]。华忱之侧重于对曹禺、田汉、鲁迅等作家的研究，他非常注意打捞和甄别文

① 王瑶：《关于中国现代文学研究工作的随想》，《中国现代文学研究丛刊》1980年第4期。

② 康斌：《华忱之的现代文学研究》，《中国现代文学研究丛刊》2015年第9期。

献材料，例如《〈关于黑字二十八〉和〈编剧术〉》一文厘清了曹禺在抗战初期的部分文学创作活动，《田汉同志与〈抗战日报〉》捋清了田汉在抗战期间的文学活动及其文学史意义，《高歌吐气作长虹》整理了郭沫若在抗战时期所作的散佚旧体诗文等。林如稷是浅草—沉钟社的发起人之一，他在受聘于四川大学中文系期间集中于鲁迅研究，整理出了相当数量的原始文献。

进入新时期以后，在易明善、尹在勤、王锦厚、伍加伦、陈厚诚、曾绍义、毛迅、黎风等学人的持续耕耘下，四川大学学人先后在郭沫若研究、四川作家研究、中国新诗研究等方面取得了重要进展。中国新文学文献史料工作于新时期开始复苏，而四川大学中国现当代文学学者在八十年代所取得的最重要成就是编辑文学研究资料①。1979—1990 年间陆续出版的《中国当代文学研究资料》，川大负责编辑其中五位作家的研究资料：王兴平、刘思久、陆文璧编《曹禺专集》（上下册），陆文璧、王兴平编《胡可专集》，毛文、黄莉如编《艾芜专集》，易明善、陆文璧、潘显一编《何其芳研究专集》，梅子、易明善编《刘以鬯研究专集》。此外，王锦厚、毛迅、钟德慧、伍加伦等编辑了《中国新文学大系 1937—1949》中的《文学理论集》。

在新时期，四川大学学人对郭沫若、何其芳、李劼人等四川作家生平资料的搜集与整理，成绩最为突出。郭沫若是八十年代四川大学学术研究热点之一。四川大学郭沫若研究室于 1979 年成立，不久后完成对《郭沫若全集·文学编》（该全集是郭沫若作品在新时期的第一次结集出版）中部分篇章②的注释。以郭沫若研究室为依托，川大相继发表了一系列有关郭沫若的考证文章和研究资料，如易明善的《郭沫若〈洪波曲〉的几处史实误记》和《郭沫若四十年代中期在上海活动纪略》、

① 程骥：《四川大学与中国现代文学》，《现代中国文化与文学》2008 年第 5 辑。

② 包括第二卷的《蜩螗集》，第十二卷的《学生时代我的学生时代》，第十八卷的《盲肠炎》、《羽书集》，第十九卷的《沸羹集》，第二十卷的《天地玄黄》。

李保均的《郭沫若学生时代年谱（1892—1923）》和《郭沫若族谱》等论文，以及李保均的专著《郭沫若青年时代评传》，王锦厚、伍加伦、肖斌如编的《郭沫若佚文集（1906—1949）》等。

郭沫若以外的其他四川作家同样受到了关注。尹在勤的《何其芳评传》是新时期第一本详细介绍何其芳的生平经历与诗歌创作的专著。四川大学学人还编辑了两辑《四川作家研究》[①]，收入多篇研究四川作家的论文，其中多为对四川作家资料的收录，如陈厚诚的《沙汀五十年著作目录》，伍加伦、王锦厚的《李劼人著译目录》，易明善的《何其芳抗战时期简谱》，其中，还刊登四川大学校友李存光所作的《巴金著译六十年目录》以及《巴金生平及文学活动事略》（李辉、陈思和、李存光），等等。

四川大学现代文学学科在九十年代继续着力于新文学史料工作，其中以新诗史料工作最为引人注目。毛迅的著作《徐志摩论稿》，挖掘和使用了很多第一手材料。王锦厚不仅与陈丽莉合编《饶孟侃诗文集》，还出版专著《闻一多与饶孟侃》，该书第一次系统考察了饶孟侃的人生遭际与创作道路，[②] 陈厚诚的《死神唇边的微笑：李金发传》是自台湾杨允达的《李金发评传》问世以后，在大陆公开出版的第一本李金发传记。

除了新诗以外，四川大学学者对小说和散文的资料收集与阐释工作同样用心。黎风的《新时期争鸣小说纵横谈》及时地整理了新时期以来中国小说创作的重要文献。易明善的《刘以鬯传》是“多年阅读作品、搜罗资料、访问传主，然后构思结撰而成的”（黄维樑《〈刘以鬯传〉序》），内含大量的一手材料。曾绍义耗时数年主编的《中国散文百家谭》共3册、140万字，编入近百位散文名家的资料，被誉为“一部理

① 见于《四川大学学报哲社版丛刊》1982年第十二辑、1983年第十九辑。

② 值得一提的是，王锦厚在1989年出版的专著《五四新文学与外国文学》打捞了许多弥足珍贵的资料，而且其中引用的报刊、书籍有不少为珍藏本。

论性、欣赏性、知识性、资料性俱有的大书”（《中国散文百家谭·总序》）。张放的《中国新散文源流》以编年史的结构来论述中华人民共和国成立以前的现代散文发展史，对现代散文史料进行了清晰的梳理。

进入21世纪以后，在学者们的不懈努力下，四川大学学人继续在新文学史料方面取得重要突破。姜飞专注于国民党文艺研究，搜集了民族主义作家黄震遐的大量文献，爬梳钩沉，贡献良多，《国民党文学思想研究》一书中使用的许多文献为首次面世。陈思广致力于中国现代小说研究，《中国现代长篇小说编年》《审美之维——中国现代经典长篇小说接受史论》《四川抗战小说史》等著作清理出大量稀有文献。李怡以新诗为中心，在多种文学体裁的史料整理和研究中颇有建树，他主编了《中国当代文学编年史·第一卷》、《中国现代文学编年史·第九卷》、《穆旦研究资料》（与易彬合编）和《中国新诗百年大典·第一卷》等研究资料，还在《现代四川文学的巴蜀文化阐释》《七月派作家评传》《日本体验与中国现代文学的发生》等专著中澄清了诸多史实问题。2018年5月，中国社科院研究员、著名的新诗文献学者刘福春受聘为四川大学特聘教授，开始着手于四川大学的史料学科的建设工作与史料文献研究生的培养工作。刘福春先生自20世纪80年代初以后，一直投身于新诗文献的收集、整理和研究，被誉为“中国新诗收藏第一人”。迄今为止，刘福春编选或撰写了《中国现代文学总书目·新诗卷》、《中国现代新诗集编目》、《新诗名家手稿》、《冯至全集·诗歌卷》、《红卫兵诗选》（与岩佐昌暲合编）、《中国当代新诗编年史（1966—1976）》、《中国新诗书刊总目》、《牛汉诗文集》、《中国新诗编年史》和《文革新诗编年史》等多种资料，有学者认为“刘福春先生对中国新诗文献的掌握与整理大概难有人与之比肩”[①]。

从2012年起，四川大学现代中国文化与文学研究中心联合多个科

① 李怡、罗梅：《从史料还原、文本解读到诗学建构——民国诗歌研究的三个方法论案例》，《四川大学学报》（哲学社会科学版）2016年第4期。

研机构和出版社，陆续推出《民国文化与文学》和《人民共和国文化与文学》论丛，以及《民国文学史论》《民国历史文化与中国现代文学研究》等大型丛书[①]，为民国文学史料的整理和阐释做出了重要贡献。自 2016 年起，台湾的花木兰文化出版社开始发行《民国文学珍惜文献集成》（刘福春、李怡主编）大型系列丛书。四川大学与首都师范大学正在合作教育部研究基地重大项目“中国现代散佚诗集的搜集、整理与研究”，计划出版约 100 种《影印中国新诗散佚诗集丛刊》（李怡、刘福春主编），目前已经出版了两辑 80 余种，筹划在未来再出版 5—100 种。除此之外，四川大学正在筹建新文学史料文献典藏中心，计划建造一个以新诗为龙头、涵盖各种文学体裁的新文学（新诗）博物馆，众多校内外知名学者的个人文献收藏都将陈列其中。

四川大学是中国西部地区最早培养硕士生和博士生的学术机构，中国现当代文学的研究生培养，也十分鼓励文献整理与研究方面的选题。目前已有多篇学位论文发掘和研讨新文学的文献问题，从多个方面填补了学术研究的空白。可以说，致力于新文学文献问题的考察已经在四川大学蔚然成风。

由四川大学学者创办和主编的多种学术刊物，也十分崇尚对新文学史料的保存与解读。2005 年，《现代中国文化与文学》创刊，《卷首语》中明确提出把“文化文学的互动关系与稳健扎实的蜀学传统”作为刊物的“双重追求”，期刊为此设立“文学档案”栏目，每期发表新文学史料或史料辨析论文。另外，《四川大学学报》《郭沫若学刊》《大文学评论》《民国文学与文化》《阿来研究》《华文文学评论》等学术刊物，自创刊以来均刊发了大量考辨梳理新文学史料的论文。

概览四川大学中国现当代文学学科半个多世纪的发展史，不难发现有一些学术品质始终如一，其中最引人注目之处就是重视史料考证。推

① 李怡：《构建中国现代文学研究“川大群落”的雏形——民国文化与文学·四川大学特辑引言》，《现代中国文化与文学》2017 年第 21 辑。

崇新文学史料的搜集、整理和研究，可以说是“川大群落”的普遍学术共识，新时期以来中国新文学研究所取得的文献成果，也有四川大学学者的重要贡献。

设置二级学科中国现代文献学一直是学界的共识与愿望，四川大学率先成立二级学科中国现代文献学，学术界多年的愿望得以实现，相信四川大学中国现代文献学将会得到极大发展，带动全国现代文献学乃至中国现代学术的整体发展。

这一套“文献学文丛”反映的是这些年来四川大学学者在搜集、整理新文学相关文献的收获，相信能够对我们的中国现代文学文献工作有所补充，有所贡献。

2020 年 3 月于四川大学江安校区

凡　例

本书作为四川大学中国现代文学文献学文丛之一种，故所有文字（含标点符号）均遵从原文，未作任何改动。

目　录

刘荣恩诗集

1938 年出版。36 开，147 页。扉页题：我这部诗集献给荫/做我们订婚的纪念

湘　水

再去看一次湘水。
看了岳麓山的红叶，
绿叶是翡翠，
湘水是银的梦。

银的流，银的帆，
银的堤，远来银的水声。
素色小寡妇
站在长沙的街头。

在追念，在寻思，
北去的湘水，
流去告诉天津的荫，
我在雨水的长沙好。

万物万灵

我摸过手般要求着要爱的花，
　千万雨点般的颜色狂；
看见过开收买“美”店铺的日暮，
　收买翠鸟和野鸭的池塘。
听见过芙蓉鸟团团的情焰，
　燃烧着浪子和少妇的泪；
海蓝的一页有白的标点，

我念着最美的神话。

灵魂的翅膀剥削黑夜的书；
酒黄金湿的吻和浮的星；
驴在山月中，静的是森林；
水的那面有鹤的所在：
可是我，从没有看见，听见，
闻到，感觉过什么像她那样，
在万物万灵之中我才找到她，
我可以安息，我可以死了。

薄　暮

美的薄暮，我还没有过我第一次的沉痛，
你的飞又轻又快的去了，
在海边你孔雀的振尾美，
撒着诗般的静。
为我雕刻了一个“美”
佩在我身上，送你的埋葬。
我心里起来的——孤独的长鸣？
无成就的希望？永远的静？

我的生命同你一样的短，可没有你好看，
我埋怨，我也要死的，
你照过荒山中的一屋，给产生
皇国和蛇的河流。
你用归鸟和安息的歌

　　瓣瓣掉下来无虑的诗。
我还是瞎眼着数自己的手指头，
　　不振着诗的翼膀为你飞放。

拿什么比

把她去比一朵玫瑰？
玫瑰有红的血色，
有刺，有秋的银沙
在风里会折践它。

把她去比月亮？古老时
有一个情妇说过：
“那个不忠节的月亮……”
海里的潮汐都是她的花样。

有人把情人比晨曦的山顶，
风里的旗，
礼拜寺的钟声……
比不上我的荫。

黄昏里死去

黄昏灰丝绒般的深下去。
让我同你一起死去！
死到海面上去，
死到池畔的芦荻里。

死的诱惑是安息的诱惑，
一颗有深藏着痛的心
对着黄昏的寂寞；
让我在黑色里死下去。

应许了的蜜，留给你的奶，
时间的水流着，冲着。
离开了，独自看着晚星：
希望在黄昏里死去。

岳麓山

想我像阵风
掠过你的红叶，
抚过你的头发，
亲过你的嘴。

我不再吹往
湘水滨岳麓山畔，
我是个无情郎
撒着他的情。

不要想念我
是个情人；
想我是个梦，
打搅你一黄昏。

春的第一阵夜雨

这是春的第一阵夜雨，
我走下楼去给荫打电话，
这是一个好的消息，
春天第一次下雨了。

当我到屋里的时候，
我静悄悄的听着：
这是煤炭港的雨声，
青岛的，北戴河的。
打在不同的地方
不同的心境里。

雨，你下，下。
苦苦的甜蜜的想着荫。

我的摊儿

在市场的新市场里
人卖着钻戒金佩针，
像女嘴唇般的樱桃。
我的摊儿我陈列着
　　我件件的罪恶。

他们挤着去听大鼓，

电影院人满票售完，
妓女紧跟着安南兵。
我的摊儿没人顾问，
　　捻了鼻子远离。

一九三八的教训

好久前耶稣说：
“不要拿真珠掷给猪。”
那时候我无智，
我非但给真珠还给我心。
那是在一九三五。

好久前耶稣说：
“它要回头来咬你的。”
我知道了，如今
这非但咬我还咬我的荫。
这是在一九三八。

冬至夜

在青龙桥畔有一个姑娘，
在摆渡头，等着良人；
金的芦苇已经生出银的鹌鹑，
骆驼铃稀了在远山。
　仅是为了一个梦的萦绕，
　一年前的一个冬至夜。

在高阁的一角有个姑娘，
黄菊花脸望着天边；
枫叶已经收藏了红的羞涩。
和尚紧裹了袈裟过桥。
　仅是为了一场梦的萦绕，
　一年前的一个冬至夜。

“他说他要坐着船赶来，
叫我在青龙桥畔等他。”
怀孕了诗的暮，给人以梦的夜：
逢到今夕，又是冬至夜。
一年前她听说，冬至夜：
夜长梦真，如果在庙里过夜。

去年冬至夜的黄昏催促了弟弟，
披了父亲的袍子，西瓜皮帽；
在求梦的人群中，混进庙去；
选了一个笑脸罗汉的坐凳下，
弟弟铺着被褥，姊姊爬去睡。
苦长夜是弟弟的，她有长甜梦。

“我看见一条灰龙在天飞，
金银的云翻着跟随。”
忽然这龙蛰伏到深黑潭上，
背上御下一个官人：
白的脸，乌珠的眼睛，
热而流的红唇，可撷采的笑。

"他向我鞠躬，我回了个礼；
他有的是礼貌，我的是害羞。
是旅客来自远方，不知道那域；
找客店，找茶坊，似乎彷徨。
我带有家园的蜜桃，蜡色的梨。
他似乎在问，你是谁家的姑娘。

"他引我到桃园陶潜的梦里去。
他长长的看着我，长长的叹息。
谁人的闺女，谁域的仙子。
篇篇掉的是眼皮和惊喜。
'我爱你，你带你上一个异邦去——
那里有蓝天，香客的凉亭和梦。'

"忽然他流着眼泪，低着头哭起来，
抓我的手去抱他黑发的头。
'你虽有翅膀的颜色和声音，'
他的声调是古老的，又是新鲜。
'你也不能上异邦去做一个新妇，
你没有死了死底死，生底生。'

"我的泪掉落在他的黑发上——
朵朵是晶的花，永不闭的眼睛。
'我游方，我飘流，从海的摇篮
到一切的坟墓里，我在找你。
没人把我魂上的咒揭去，就是
你嘴上不冷的樱桃也是没救！'

“让我卖了我心的跳，樱桃的红，
我爱你，你，我可以揭去那个咒。
‘我是像山麓下长路上的影子，
我会在你想象的时候回来的，
我要坐着有翅膀的船赶来，
青龙桥畔月蛾等我。’”

在杨树底下有一个姑娘，
死海鱼眼，听着心弦；
白杨已经摇不响它的铃，
过了一个秋又来一个冬。
　仅是为了一场梦的萦绕，
　一年前的一个冬至夜。

在黄昏，香木的床上有一个姑娘，
张嘴流涎，痴个夜梦；
雁鹅从森林那里来，飞过去叫，
雪已经披盖了冷的远村。
　仅是为了一场梦的萦绕，
　一年前冬至夜又是今朝。

当　铺

我求她饶恕我，
饶恕她给了我。
心里来了平安；
“罪恶”放声大笑：

"还一样是羞耻！"
点我脏的衣服：
"先生，今天你还
有什么要当吗?"

鼠戏舞台

背了一舞台的装饰，
有唢呐在街头吹响；
孩子们出来挤着看，
（它们由宫殿钻进古塔又去坐船）
把铜钱送给卖鼠戏的。

不知道在谁的背上，
负这个城市的舞台；
神仙鬼怪们来观看，
（人们由宫殿钻进古塔又去坐船）
把嘲笑送给卖人戏的。

南天门的台级上

"快睡吧，明儿还要下山的。"

今暮上的泰山，
在南天门小店住一夜，
明早就绕后山回泰安城。

"快睡吧，得啦！明儿还要走一天山路。"

从土炕上爬下：
泰山顶今夜雾大，
我坐在南天门的台级上
看千万丈下的泰安城上
逃出来的几点灯火。
寻思着，听露水掉，
舍不得去睡觉。

"快睡吧，明儿，明儿还得累一天呢。"
领队的郭先生好意的劝告。

死　鸟

我所作的罪恶是罪恶，
　有手把我捞出来我醒了；
我死般的躺着羞耻，
　我无泪的叫着为了罪恶。

我把自己像张皮般张着。
　在白杨叶成星的底下
每人点指着：看呀！看呀！
　我无泪的叫着为了罪恶。

爬在烂泥里咬着土，咬着。
　我心片片的像死鸟掉；

生命无份，走不进地狱；
　我无泪的叫着为了罪恶。

庙宇与美人

这是一座森林前的庙宇。
那里印度的异象和中国匠心的手
　做成一朵花种在阿凤的心里。
近村里最美的姑娘：
黑宝石的热眼睛，手托着下巴，
　凝望殿角上无数的马铁铃。

她心里的池水跳跃，
当她上庙里去烧香磕头。
　佛爷慈悲的脸，金绣装饰，
冷的嘴关着西天的笑，
脚盘着坐在千年老的莲花上。
　她觉到 Ganges 河畔菩提下的永息。

她望着，在晓鼓暮钟的流浮中
那庙像独帆的船在森林前驶；
　佛爷用金露的佛珠拖着，
这是渡着去星边月外的西天。
最亮的晶光，最长的美，
　是她的无梦的死和愁。

庙会到了，惊奇睁开眼睛。

一个乡曲，一个养鸟的少年；
　心坑里愿意多钱多寿；
她叹息的不是纸花，不是鬼的钱，
她要听，听不见的琴声，闻，闻不到的香味。
　跪着，她磕头许愿。

虔诚的姑娘她要一顶新娘的轿，
要吹要打的不是送她到婆家，
　她要做佛爷的娘娘。
忽然庙殿的梁好像裂了，
静了万年的嘴动了，金屑掉下来：
　“阿凤今晚做我的老婆！”

她瞪着眼晕了过去。
和尚，香客，徒弟，算命的，
　像群小鸡般逃进森林。
没有官，没有吏，敢进去，
连方丈也抓头发抖。
　她死了爹娘抬回去。

此后涉水过海来的香客更多了；
他们不是来看森林前的庙宇，
　而是阿凤的奇异。
在阴天或黄昏时庙宇
西角的马铁铃边，阿凤躺着。
　樵夫和守西殿的说。

风吹

我是香
生长在觉官的深渊里
我租出去
拿美人与花做抵押

我是痒
希腊的战船在血浆里
古老的失眠
把眼当给夜

我是秋意
挂在人们心里的只只铃
我在风里招摇
出卖疆场上的将士

我是飘泊
在黄昏关闭了院门
到鹰所看见的那面
抛去长子的辈分

我是搅扰
肩上有千万对翅膀
我是生命的母亲
坐在墙上瞧庙会的傀儡戏

北国的冬冷

当我背直胸挺的时候，
　我的心是一所春天的花园；
在红叶山的溪头坡前，
　我碰见阿兰卖花的姑娘。

我问她住在哪村哪落，
　她指着远远的山谷；
　“有小羊在儿嬉，在跳，
　有水鸟在棕色池溏里洗澡的地方。”

　　“这里有的是有酒靥，有长眉的，
　　我在这里活了六十年没听过
　　卖花的姑娘，卖花的阿兰。”
　　小羊冷了，池水满是草味。

我带了满载着财宝的驴，
　心像是一亩金收的麦田；
又是红叶上的坡前，我想，
　我打听阿兰卖花的姑娘。

那里是我们初见时的树，
　二十年前我们看天像一粒蓝珠。
阿兰年来曾回过这村吗？
　“我爱闻新的雨味在山边。”

“阿兰是有的，二十年前的一晚她走了。
她说她去找一个年轻的商人。
在灯节，盂兰会时，我们再不见她了。”
许多哑巴的鸟飞着坐在自己的脚上。

我的背像弓，手里扶着拐杖，
我的冬是有盐性的一块荒地；
红叶山上的雪遮不住我的羞耻，
末次让我来探问卖花的阿兰。

我找遍天下，喝尽了异乡的酒，
我已分不出梦和阿兰的想象来。
小先生，我能死在阿兰生的地方吗？
末次去走她走过的路，闻她所闻过的雨。

“陌生人，可以，可以，有的是坟地。
听见母亲说，二十年前来过个商人问及她。
我想他也一定有这愿望。”
北国的冬冷，长眠是甜的。

旧　歌

同我一起唱一首旧歌！
让我的眼泪掉下来。
那些快活的声音，
全走的是些更快活的心。

同我一起唱一首旧的歌！
　　让我的眼泪掉下来。
那些旧歌是甜的，
　　更多甜是那些歌的回忆。

埃及来的箭

时季成了一个出嫁的妇人，
拿了手提包在街上站着。
日光像一本旧书的颜色，
　　这是暮春初夏的时节。

忽然我看见在城市的屋檐下，
河道上，白云间，有飞的箭。
从没有年来的旅客，
　　怎样急忙寻找着什么。

燕子，我红喉希望的箭！
寻找永久春天的鸟，
总是迟了一些，看见你飞的桨，
　　春只剩下古老的香。

徒然，徒然，一阵掠过的生灵，
全没有用，全没有用。
撒着太早熟的种子，
　　幸福的荒凉，春像美消失。

看它的飞：是颤的，射的，受伤般
掉下的，迷路的，黑点眼泪哭的，
在溪水面上亲自己的嘴，
　直等到芦苇冷得遮不着它了。

一天它们从电杆线上走了，
去找更金色的光，银色的河。
冬天用冰关紧了春的河门，
　我剑收了我的箭去睡觉。

在巴黎道上

天天我看见
在巴黎道上
人同驴一齐
驾在一个轭下；
死亡贵，
生命便宜，
在巴黎道上。

有一天我看见
在巴黎道上
火焰像暴风般
击打下来；
“死”亲着两种嘴，
甜的，苦的，
在巴黎道上。

一夜的游猎

太阳出来，街上满是脚声，
屋顶湿得冷。
一夜的游猎和外遇
　　它回来了，又累又没味。
　　它回来了，又累又没味。
眼睛一条乌金线的坐在那里，
想小鸟，围墙，厨房，穿虎皮的情郎。

鸡毛般的新月，市上点燃着钻石，
夜气凉得甜。
一天的炉火暖了它欲望的酒
　　它出去了，又轻又雄壮。
　　它出去了，又轻又雄壮。
一样吃羽毛，爬墙，被扫帚打，
与情郎大声调情，打搅眼酸的星。

秋　歌

每朵花的灯心都烧尽，
春夏的美是干瘪的苹果，
月被白云的马追赶着，
更冷的星散到池塘里。
蟋蟀在夜墙脚根下叫：
　　唧唧！

　唧唧唧唧！唧唧唧唧！
单被凉，夜静。

病的想念像撕碎的丝，
诗人写金梅子在银碟，
农人夏劳有秋的一饮。
孤独的呻吟是谁的？
蟋蟀在夜墙脚根下叫：
　　唧唧！
　唧唧唧唧！唧唧唧唧！
单被凉，夜静。

一个呼声

我听见一个呼声，我听见
　一个不能节制的呼声，
是一个流浪的思念，一个
　使灵魂到山野去漂泊的。
这是路的呼声，苦苦的
　鼓激耳根，打搅着心。

随时随地我听见那个呼声：
　它的诱惑像蛇游在心草里，
急近急远，在雪前，在摇橹时，
　是一篇娓娓动人的仙迹。
有一天半夜真在我门前，
　我冲出去。一只星，一阵晚风而已。

当我在小的时候，这呼声
　已经是清楚，使我幻想做梦
远的国度，荒凉的跳过舞的皇宫
　在童话的书里，在神话里，
在我祷告的时候，在我痛苦
　流泪的时候，谁在呼唤我？

这个呼声是甜蜜的。
　自从我听见了这个呼声，
我喜欢闲着；我喜欢看着
　风吹着芦苇，小鸟在里面玩；
我看见小城小街，人与马，
　在我鞋跟的周围转旋。

有时候我遮了脸痛苦，
　当我听不见了那个呼声：
地球是块石头，人是尸首；
　一个接吻是卖主的记号，
彼此吹灭你我手里的灯，
　城门口腾上来腥的血味。

忽然，随时随地我听见了
　那个呼声，它像一把
收割人的镰刀割着。
　我的心灵起始向它做梦：
我就看见风吹着芦苇。
　我要永远活着，听着它。

琵琶行

我张我的心成弦线
　把它爬在琵琶上，
有人把脸靠着它捻：
　是迷魂阵图，
　是玩弄人情，
　是异邦言语，
　是无垠水的海。

我张我的心成弦线
　把它爬在琵琶上，
在一夜初夏的暗里
　她来枕着弹：
　是惦念黎明，
　是客店的酒，
　是韵飞的翅膀。

翡翠雕刻的鸟

薄暮来的时候是一所珊瑚的森林，
我翡翠雕刻的心去栖在宝石的枝上。
我看见暮的城，暮的河流，
在这个授胎于心灵的时辰。
从来没有这样静，只有圆心
从芦苇的水根里飘出来

去受飞过翅膀的旋转。
我看见农人耕耘着红云，
红日插在孤村的槐树后面。
音乐奏完了，只有心的荡摇；那时候
在珊瑚的森林里，痛的是世界的心；
翡翠雕刻的鸟唱不出翡翠的歌谣。

歌

太阳下山去了，
我的心坐在河岸上，
看秋天的颜色，
听秋天的声音。
歌曲尽是忧伤，
心灵尽是愁的。
我的心坐在河岸上，
太阳下山去了。

叫卖声

他卖碧海般的葡萄，
小孩脸的苹果，
季候挑在他的担儿里。
叫卖声是一个梁山泊的好汉。

街上的叹息者，
他是叫卖旧货的。

他喜欢你我所不喜欢的：
所以他忧伤，背负我们的重担。

修雨旱伞的，是个歌者。
他爱唱，他不爱少雨的地方。
每滴雨是他诗的期望，
他更期望风和铁丝撕新伞。

每夜我听见一阵叫卖声。
我不知道卖什么在桥那边。
这是一阵长而远的渴望。
卖什么？夜的叫卖者，你苦了我！

我有的是个诗心，叫卖着忧郁；
没人看，没人买，委实无可买；
只有一片冷磁的碎心灵，
买了去，会甜甜的打搅你的早晚。

夜里的珠子

我已厌烦爱的秘密的螯，
希望的空杯，夜里的珠子，
身体和灵魂的牲口，干粮。
什么东西都是要过去的，
就是照情人到林中去的星宿，
诗人怀了病的词句也是一样。

千真万确万物要毁灭的，
接着是钢般无痛的永息，
天下以及它的江山城阁。
我到处听见掘坟的声音：
有一天地球就是颗流星流去，
给别个星球上的人指着看看。

忧郁颂

在这几万年内我们在做什么。
仅在设法把红颜不变苍白，把心不烂；
拿多刺的嫉妒来暖烘美，爱着黑影。
夜的静雨告诉我很多石块般的故事，
我听见我的心碎裂像冬天的冰河。
　　让他们去挂东方的灯，听热的萧声。
　　来吧，来吧，让我们轻轻的忧郁，
静静的看海的眼泪打上甲板来。

我愿意音乐，风，鸟，来湿我的眼睛。
有本聪明的书上说：伤心的人有福。
我愿意一年到头的岁月是一个长的黄昏。
我是一朵灰色的云，带着阴凉的秋雨；
你是无穷尽的一片海，笑在秋的后面。
　　让他们去挂东方的灯，听热的萧声。
　　来吧，来吧，让我们轻轻的忧郁，
静静的走在我们不幸底灵柩的后面。

向海求乞的人

在山下渔村的东面
　　在一所小屋里，
　　有三口一渔家。
门口张着棕网，像捉鸟的罗网。
丈夫打的鱼够养活他的妻；
　他妻够养活她的孩子。

有一天，秋天八九月的薄暮，
　　眼看着他渔船
　　进入港嘴的时候，
即刻间风吹得满天是利箭：
苍天像一条撕碎了鳞的龙
　用尾巴鞭打着水。

这是一个有红色眼泪的黄昏，
　　她看见她丈夫，
　　看他的船翻身。
她抢碎沙滩和她的浪水，
不久她的头发浮在后面，
　是最轻海马的马鬃。

浪打来是队队酒家里醉汉，
　　挤在他们中间，
　　她是一个野兽。

她凫着，她觉得海哭上她的脸来；
她只看见她丈夫的手被浪往下抓，
　可是她那只更强的手抓了他的头发。

打的是碎溅的玻璃，是云，
　　是渔村的早灯，
　　岸上等的渔人？
她只知道从海的嘴里抢人出来，
她拖过重的担子在海的脸上，
　从没有这样轻这样宝贝的。

她抱他到全是人脚的沙上，
　　她解他的衫，
　　听不见心跳。
渔人们来救他，女人们围着她，
她们把她背上背着的小孩解下，
　在母亲救父亲时死的。

死的丈夫在地上，死的孩子在手里，
　　她呆着不言语，
　　她眼睛是软的。
其余黄昏的时分她用来掘坟，
她觉得她也要埋她心中的石块。
　掘着，天清洁起来了。

在黄昏晓下她埋情人和孩子：
　　用不着谁帮忙，

埋自己的忧伤。
两小时天地的剧痛，钉着了二个生命。
渔村东的小屋里，再没有夜灯。
她上山去，不见了。

在城堡里

“宝贝，宝贝，你在哪里，
你在哪里，
你在哪里？
我到处在寻你。”
音乐还在缠绕，祝新娘的酒沫还在嘴边；
劳维爷找不到他新婚的太太。

在新婚的席上她溜逃出来。
她爱逗劳维爷，
她爱逗劳维爷。
要找一个地方藏，
轻步走过橡木的厅，下亮着的楼梯，
她爬进一个大木箱，活锁关上。

新婚夜后三十年有一天：
“一副尸骼！
一副尸骼！
在木箱里穿着新娘的衣裳。”
在灰色的城堡里，白发新郎的老眼泪
再也润养不活一副尸骼。

他抱她起来，只是去放在棺材里。
不断的他摇着头，
不断的他摇着头，
跟她到坟地去。
怪不得夜夜，听见有人叫开箱子；
　　有猎狗咬，猫头鹰叫，在城堡里。

过路的客人

出卖真诚的心，
　　真节的心；
给每个过路的客人，
　　这一颗心。

只要饱我的心，
　　衣我的心；
送给你过路的客人
　　这一颗心。

苹果花

我的家在那里都行：
有颤的树叶看，水的声音听的地方；
一盏灯，一颗星在夜间；
随便在金的城堡里，或是乌鸦毛的森林里。

在苹果花的底下，

我可以闻到古代皇宫里的花香；
或者在钻石矿，城的晚市上，
闻未产出来的纪念日的酒味和炮声。

在大礼拜寺的影下，
让我的灵魂在香烛和风琴音间融化；
或者上一个静僻的野地，
去点数点数我过去的千万个坟墓和星。

壁炉红窗外下雪的时候，
我们的头紧挨着在黄昏；
看红宝石上飘摇着红的软浪，
远远的想着永违不能归去的田园家乡。

上燕京去

回到燕京去——
那里有紫色的早晨：
她的路是爱人，
多树的小冈是新娘。
所流的眼泪都掉进无伤无名的湖去
给在大理石云间的小金龙。
那里的黄昏轻得像花瓣。
月亮是不下山的。
（有一个下雪天我坐在课堂里望颐和园。）
书里和生活里都放不出毒箭，
我只听见铃声钟声从一个失去的国域来。

在古老的皇宫里做古老的梦。
夜是五月，
青春是夜。
驴的铃，骆驼的铃，在打石子发声。
雪是飞絮，
像雨一般的甜，落在脸上。
青春像海绵吸着各种的喜悦：
每个思意是一只春的鸟。
——去躲藏现在这个冬天。

蓬莱的姑娘

去看看海上的薄暮，
海还没有变色，
千万只鸟在天空排工式。
蓬莱的姑娘等韩湘子过海来。

去看看海上的薄暮，
海变了灰绒色，
蝙蝠在讽刺着老鹰的飞。
蓬莱的姑娘等韩湘子过海来。

去看看海上的薄暮，
海已经变酒色，
海鸥把头挟在翅膀下睡。
蓬莱的姑娘等韩湘子过海来。

桥洞下

在月圆的桥洞下有渔船过，
桃花在铜树上开。
　　皇后结婚了。

在月圆的桥洞下有客快过，
刺梅在青山上黄。
　　皇后埋葬了皇上。

在月圆的桥洞下有画舫过，
荷花在池头上插。
　　皇后又嫁了。

五月暮雨

带雾，带五月雨的风
已经揭了长冬的白面纱；
那里的床是冷的，更冷的是梦。
星在剧痛着，硬的是路。
　　此刻，五月的暮雨来！
　　使心灵有歌曲，
　　山田野有庄稼，
　　苹果园有花朵。
叫年青的脚到普天下去飘泊，
使年青的心感到打搅的隐痛，

带雾，带五月雨的风
已经揭了长冬的白面纱。

太阳与喜鹊

太阳在天空绕不息，
把自己的心烧，
来烤你我的老骨头，
那里听见一声叹惜。

新月下七月七巧节，
喜鹊集队飞去，
给牛郎织女接顶桥，
痛苦是人家的喜悦。

“狮身女面有翼之怪物”

伏在沙漠的门口，
给人猜谜的人兽。
谁都到沙漠去死
猜不出生底谜。

现在你已经死了。
猜不出的生底谜
永远藏在你万代
冷酷的石心里。

田野小景

“你做了什么，伙计？
你的手全是血。”
“我才杀了我的情人。
我累了，我想睡。”

“你为什么杀你的情人，伙计？
你的手全是血。”
“我太爱她了。
我累了，我想睡。”

“你在什么时候杀她的，伙计？
你的手全是血。”
“我正在亲她嘴的时候。
我累了，我想睡。”

“你现在在做什么，伙计？
你的手全是血。”
“我在掘她和我的坟。
我累了，我想睡。”

森　林

我不愿意去知道
在森林里有什么。

让我去想像：它有
仙人无声的翅翼，
玫瑰花用香在喂小鹿，
泉水是流的。有安息的灵魂，
有音乐，已经是保留了的雕像。
我不愿去想：它有
伞一般的毒菌，
烤人肉味的野人村，
有鳄鱼鳞的浅水塘，
妖怪的绿烟。
让我去想念森林的接吻，
夕照是一朵野花插上它的黑头发，
在曦雾中全林是水上的一朵水仙，
让它浮在我的心上。

无音曲

在我心头深藏着一支刺。
我念诗，我听他们唱弹词；
白天夜里，仍然觉得它刺。
我的叹息是重的，是深的。

一天，我决意要拔这支刺，
发现我得把我心同时撕；
因我生下就长着这支刺，
我只能叹息，慢慢的等死。

今夜的寂寞

西山的黄昏在叫你
看我把心撒在西山的星夜里；
月小山暗我是孤独的。
我冷静得要哭。
你不再回来了吗?
你不再回来了吗?
　　我今夜的寂寞是古宫的寂寞。

灰色的城墙是条灰龙在叫你
看这里特别蓝的天。
胡同里的叫卖不使你想起
不同时的怀抱是不同的怀念。
你不再回来了吗?
你不再回来了吗?
　　我今夜的寂寞是古宫的寂寞。

有海棠的院子在叫你
向北面看。为你天天叹息。
回来吧！我的情人，我有亮的眼睛，
不久就有骆驼铃摇来秋色。
你不再回来了吗?
你不再回来了吗?
　　我今夜的寂寞是古宫的寂寞。

回来吧，我切望着你的马声。

你不想看一闩开的窗，一朵石花吧。

你不再回来了吗？

我今夜的寂寞是古宫的寂寞。

年秋凭窗看雨

秋雨在街上

把它的钩子在满城捞，

捞叹息的

在秋上放牧灵魂的人。

我的屋是空的，

我的血冷凉的流着。

那里都是战争的风声，

在晨曦中掉下的消息

是受伤的枫叶。

市井哑巴了鸟声：

人像用后脚站着走的

耗子一样跑。

雨水在树上长了

新鲜的翡翠

在惊动飘摇的灵魂。

（尼姑庵满是少妇的心）

打的是驴的背，

痛的是主人的肉。

白银镶边的风

唱不出短秋的歌。
我累，我疲乏了。

满天雨水，
满眼睛的泪。

眼泪在你的头发里藏

在海里有一张琴，
它是我的灵魂心；
应着每一阵海风，
唱着海里野的哭的歌。

我叫回我的心来，
脱离了海的簸颠；
每首歌为了你唱，
眼泪在你的头发里藏。

印度的月夜

——释迦牟尼的印度月夜

蒙面的喜悦，金银铃系的脚踝，
带了珠子的耳朵，偷流的肉，嘴唇，
Nautch 舞脚轻旋得像喜悦的蛇；
唱声的银的渐大池塘的水圈，
在地板上有什么翅膀的巨荫。

给生命的月夜，
哦！这是灵魂的归家，
骑马进入暖和的印度的月夜。

游猎所追击的是自己的青春。
萧的声音是敷在伤上的冷膏。
美人是病的花朵，麻疯飞的花；
戴雪的喜马山不能使骨总直。
抖擞的树叶增加灵魂的伤痕。
给生命的月夜，
哦！这是灵魂的归家，
骑马进入暖和的印度的月夜。

看的是尸，尝的是蜡，想的是死；
每步是一个坟墓，痛哭的尘土。
割下他的头发，把马也送回去：
跟着的是旧的月色，旧的娱乐。
苦灵魂们点滴着磨坊的轮子。
给生命的月夜，
哦！这是灵魂的归家，
骑马进入暖和的印度的月夜。

生就是错误，罪愆的田地果园；
星宿只是为了枯干而创造的。
像采撷花朵般去采撷着觉感，
用采撷下来的，去铺砌那条路，
跟着古净士，走进薄暮的涅槃。

给生命的月夜，
哦！这是灵魂的归家，
骑马进入暖和的印度的月夜。

太阳又雨水

我的心锈了，
飞下的眼泪；
太阳又雨水，
晒干的是锈。

点点的接吻，
肉上的烙印；
蒙着我的心，
太阳又雨水。

葫芦里的蟋蟀

这一滴能鸣的秋
藏在一个葫芦里。
它在雪的窗框间
夺回红叶和水般飘的秋夜来。
叫的是归回到秋去，
寂寞的蜷着走，
在硬的秃头的冬天街上。

城市的夜

我所爱的城市的夜，未生的晨的母亲的梦。
我的良心可以在铁树铜枝的森林前取暖：
我俯伏在城市上，在那里赎罪的任它烧燃；
在颜色致命的狂舞中，凤凰在晨曦中复生。

小孤山暮过

小孤山站在扬子江中，
伴着孤鸟，打渔人，
庙里的念经声。
小孤山孤独得
像一点眼泪在黄色的脸上。
当我站在船尾的时候，
它在冷落的夕阳里望着我送别。

香港夜泊

　　香港的天，
　　香港的海，
　　香港的山，
雕满了银星的乌金宝盒，
腾在从岛屿吹来的流香上。

　　无从温存，

　　无从搂抱，
　　无从接吻，
叫过路渡客不知怎的好，
十七岁初南国夜醉的香港。

雁鹅叫

“听，啊欧，啊欧，啊欧！
雁鹅叫，今夜要下雪了！”

今夜在北地我又听见雁鹅叫：
惊讶了一下，掉落了千万寒丈，
灵魂震擞得一阵晕疯的酸痛。
我执着时间底双角
　　要它抵偿过去岁月的命。
带来的是那年的雪？
母亲在的那年，
我小时候那年的杭州雪吗？

我看人脸的时候

　我看人脸的时候，
我才知道我看的是镜子：
　在里面我看见龌龊，
在他们一绉一纹里。

　我看进我自己的心去，

我看见我皱纹的脸，
　那面有一阵哭声：
我不敢告诉你。

　我无论在哪里看，
羞耻的火燃烧着；
　没有地方我可以去吗，
去隐藏我自己，我的心？

骑在海的夜背上

男人们，千万不要娶她！
千万不要招她，妇人们——
只能在月光底下可以求爱的姑娘。
这不是一首诗，这是古代传下来的
符咒给要爱月色下可以爱的姑娘的人。

我看见血透湿的衣衫，
父亲身上有儿子的血：
暮色把白杨声带上了清冷的海滨，
抖擞着的是老年人的心，满载的痛。
看月色下海滨的姑娘的脸——
这是飞追着铁匠炉灶里出来火星的血。

她在清冷的海滨上愁；
星星海鸟扇来月的凉。
水波打飘上来千万片银帆的小船，

每片都是她的眼睛，香味的碎羽毛
是根根透明的海藻；有年少的人来：
背着掘坟的锄，埋自己的土，万代的咒诅。

在他们的耳朵里说的
是开千门万户的秘密：
她用脚尖在银沙上划着国疆版图。
手里拿着三朵夜来月色下开的花，
指着夜月的海，碧马飞奔万顷的妖；
听她哭，他们自己的哭，为了丢去的野马。

万万年前生在黄昏里，
她坐在同样的海滨上：
一样在月光下梳着美，直等到人们
学为了在银色海壳旁等着珠算愁。
她埋了代代的少年心和肿的尸首。
只要有十五能松畴的夜海，投的是人心。

她有飞浪和游泳的美；
有云，有古代肉线的美。
她不是肉内怀胎而生的美，是阵精：
她是艺术手指间偷滴出来的毒液
饮来淫治心灵有秋野病的流浪人。
“我有一堆胸，拿‘死’来换躺在这里的安息！”

彼此抱着头去大哭吧！
转向到岸的古松林去，

晨曦在海上，在天空中又揭了一页，
快拿阳光编织的松荫来遮藏自己。
她已经骑在海的夜背上沉下去了。
海滩上充满了小孩子掘沙做城的欢声。

昨夜月下所说的故事
他们只理会说不出来：
这是爱夜海的羞耻和痴心的抖擞。
爱只能在月色下可以爱的人的人，
这不是一首诗，这是古代传下来的
符咒给要爱月色下可以爱的姑娘的人。

奇传中的一出

这是邵女士的心房
不要惊慌，以为是猎庄
有木栅，短刀，长枪，
抓黄莺爪的捕机。
当她去捕猎灵魂的时候
她加用笑，她瘦长的脸和腰。
　　她的良心不好
　　诱惑容易被她吞吃的人
她说她本来姓貂
这是撒谎，她是貂蝉的后代。

她好看极了，这不是一个谎：
这是她自己告诉她自己的。

二爷来质问她挑拨是非，
她说是富公馆二爷强向她求婚：
门口聚了一堆人在取笑她，
她说他们都抢着要爱她。
　　她的良心不好，
　　骗人来抬高自己的身价。
给各个码头上的水手接吻
她才得到良心上的安慰。

她在嘴里斟满欲酒来灌人醉：
在人背后她说"癞蛤蟆想吃天鹅肉。"
这只天鹅是有淋病的，
天鹅的臭肉闻到云海的山那边。
渴望着要露着身体
她好来毒死淫来的心。
　　她的良心不好，
　　用话冤人叫人翻不过身。
祝福她的爱人：好爱别的女人
用冷淡来鞭打她的良心。

一缕古老的梦香

疯啦，上明陵去
用驴去走滑的圆石子道
一嘴一嘴的沙
满宇宙的天
远远蚂蚁堆的冈丘

穿过村落

绕着田庄

茫茫崎岖的路

驴头接着驴尾巴

骑驴骑累

巴不得揎了驴走得快些

只看见几个七八流匠心的雕刻

石马石象石怪兽

一座破庙

一座破松林在破土山上

有土人给你喝土茶

破廊，破屋，破桥

瓜子壳，藜儿皮，养活着几个

守残骨梦的破人

偶然看见几处

仍是不熟悉的惊叹

不是灵魂的安息

这是疯人追一缕古老的梦香

BALLADE D'UNE DAME BLANCHE

天老爷祝福虔诚的，她是虔诚，她崇拜

在皮里包，血肉做的自己，她自己的神经质：

像野人，森林里的妖怪。她向穷人表同情

不吃饭，不喝水，直到城门口听不见饥饿的叫声：

亲戚，大夫，吸血鬼般的劝诫，她决不改变天职。

她喝消瘦茶，用外国杂志上减轻身重的单方

什么也不灵，真是要死；听说她天天坐井圈：
夜里像醋糟鱼泡在醋缸里，白天给淫眼嫖。
　心灵里泰山般的渴望，亚尔伯斯山的日夜攀登，
因失败而向绿的山谷所叹息的是胭脂，寇丹。
　只有胆量去做勇敢的丑事，没有懦弱来做体面的人。

“小姐好，只穿人家穿剩下来的好东西，自己舍不得买！”
　如果勉强在她肩上爬只西比利亚的银狐，身上包了
波斯的小羊羔，她为生气：“为了爸爸的面子。”
　她不吃鸡，只喝鸡汤；吃鸡蛋是阔人的罪愆。
“拿两个来洗头发，好看。”她不贪太阳的暖，
月的冷艳，她不贪生：就是一语，一星的短见，
她可以喝安眠药。义愤。姊姊要她做奴隶：宁可死，
不受家长爱的侮辱。把命来打轮盘赌，这才是英雄。
　当然她做出人不能做的事，在地窖子的煤水里有友人
送来的书：大的是皇后号，小的是东坡的扁舟在赤壁之下。
　只有胆量去做勇敢的丑事，没有懦弱来做体面的人。

是个虔诚的人，她心好，时常掉眼泪。
　John Newton，贩卖黑人的大财主，从非洲渡船来时
她还在船主的舱里写最美赞扬上帝的诗歌。
　一霎间情感的爱是收割时风尾巴上的粃糠，
母狼三百六十天，有一天不吃小鸡，因它不饿，
眼泪掉因为鸡骨杈着了喉咙，是算有佛心吗？
借人家的名义撒谎，半夜里跳窗，“管它的，家里人死活。”
去迎海风去了。一生只是不熟的香蕉，涩柿子味道。
　这是那一种在橄榄树荫下，草堂前产生的哲学。

为的是想很可原谅的放纵自己狂风暴雨的欲想。
　只有胆量去做勇敢的丑事，没有懦弱来做体面的人。

ENVOY

公主，经过了一切的挣扎和冲突，说你成了
一只只有半个底子的老太婆鞋——宁说
　你是从广告一页里走下来的一个纸娃娃
塞满了便宜的短稻草和烧焦的湿棉花。
　只有胆量去做勇敢的丑事，没有懦弱来做体面的人。

黑龙江的明妃

　　不要再让一个国度再产生一个美人。
　　向国里的贵妇人或平民告诉这件事。
不再生美的女孩子，让她去坐在皇帝的珠帘后边。

　　江带着东北的星，黑龙流进汉人的心；
　　别再忆昭君和她的美，向南方流的泪。
黑龙已经爬上岸，在日晒夜露之下，再也飞不起来。

　　被汉朝的泉水，幽韵涤荡过的女子中
　　她的美是腊梅花的美，雪下竹旁的美。
看着坐的轿子动，等到抬头就看见宫殿和毛延寿。

　　“金百两!”出的是一笔冷价钱，痛的等候——
　　宁愿点污了脸，点污了心是点污天云。
当夜在冷宫第一宵的失宠，拿琵琶来诉诵冷月荣。

子夜冷宫里，脸贴泪湿琵琶背的是谁？
皇上来找遗忘的春夜，还是废宫的花。
拨琵琶的是在拨他的心，昭君的枯梦，昭君的灭亡。

她看过黄金的鳞磚，抹在嘴上的胭脂；
她走在孔雀中，踩着香的松子，香的星；
她拨过能吹动汉帝的琵琶，她也吹倒了异乡的山。

蔚蓝的天里，宫女发现了一颗黑星星：
中午有番兵，拥在宫殿门前，索要昭君。
鸟像石块掉，未央宫白天鬼叫；阳关，消魂桥，汉人满。

在汉帝的眼泪中是军骑护送的车轮，
听寂寞声的耳朵，千重关山的鼓角声，
撒了香的黑龙江背上的爱人，在刀柄下割剩的夜。

琵琶的钩子钓的那知是风绣的影子；
点污了的脸成了毛延寿的蛮横秋天，
打定主意不到江的那边决还给汉主，灵魂和恩情。

汉地的星在胡边看，苦汉地吹来的风。
万里的荒程繁着万里外的故乡江山：
满眼的沙土，呼韩邪单于的毛篷，还是汉宫的春梦。

黑龙背着水来饮中原疲乏了的马匹
可解不了心里旧的眷念，翡翠的溪源。
让流的银，来埋中原的心，中原的昭君，中原的叹息！

千年前的汉朝已经是化石的一丛花：

王昭君成了万代心中的一支腊梅花。

一声鼓，铜片，少妇嗓音，说她的故事，在庙的树荫里。

不要再让一个国度再产生一个美人。

向国里的贵妇人或平民告诉这件事。

不再生美的女孩子，让她去坐在皇帝的珠帘后边。

江带着东北的星，黑龙流进汉人的心；

别再忆昭君和她的美，向南方流的泪。

黑龙已经爬上岸，在日晒夜露之下，再也飞不起来。

戒坛寺

戒坛寺的灰暮里
有人喊着：“阿……弥陀佛！”
提醒虔诚寂寞的灵魂
向着黄昏里的山林
安静着忏悔祈告。

去每个梵宇，僧楼，
山冈，洞穴，有人喊着
在苍茫愀怆的雨幕中：
“阿……弥陀佛！”
叫回走江湖的心。

十四行诗八十首

私人藏版，1939 年出版。32 开，86 页。扉页题：给荫

壹

这首首的十四行，束束山上的野花，
　　全是为你写的，就算是赞礼品：
　　我日夜想念的踪迹留下银路
雕刻了我全灵的恋爱。

如果把首首送进爱底化验室去，
　　你看，那行不是红枯叶的叹息；
　　想念得要哭，想念得不知怎的好的怀念。
丝缕千古痴人在我身上结凝了的恩情。

让盖墓穴的砖，再来盖一次一座高塔；
　　未来的雨去落在未航过野雁的江河，
　　海底蓝手捏搓了，放上无数的神群，
让火山在半夜炼烧给考古我们的那代人看。

　　首首仍是束束的野花，贮藏着春和夏的音色，
　　传送给天下能爱人的人念。

贰

有时候竟怀疑起世界上到底有没有你，
　　因为珍宝你挤灭了信仰的慧眼；
　　扫帚星是一所烧着的房子在行走，
大钻石是一颗活的灵魂在爱着：

有时候我竟想不起你的相貌来，
　　这是渴望底火网烧焦了想象底翅膀，
　　不是因寂寞而醉了，是饥饿昏晕；
眼睛是溪水白白的冲着磨坊的轮子：

我要用手和我的嘴来替代我的眼睛，
　　幸福的瞎眼人才能觉得你的存在，
　　在黑暗的花里我才记得清脸上春的香味，
我现在明了天下有睁着眼看不见的瞎子。

　　要用什么才能使我相信有你：
　　让我拉着你的手，脸贴着脸。

叁

我拿起笔，怎样来描写你呢？
　　你的好处只能感觉，不能言喻的。
　　金银铜铁锡只有硬而冷的美艳，
况且艺人的灰早已飘落到意大利的田野去。

世界从没有过你，它也生不出
　　一位匠人来熔化你的热的灵魂和像貌
　　在一块死老的东西上，任时间去叹息，
让人类的情绪像十五的潮水涌抢着流域。

我使了渔人的网，猎人的枪，
　　去捕捉能描写，能雕刻你的金字，

攀登鹰鹫的峰顶，潜入鲸鱼的狩场，
竟找不到一点一撇，能来告诉他人的字眼。

文字难道比生命更强，活得更长，
文字没奈何骗了生命，骗了世人。

肆

黑夜是长的，星星悭吝它们的光明，
月亮细细的在狼背上流着露水，
黑夜什么时候打尽它的季候
去归到仓库里去，去开仓库的门，

宇宙间充满了物件。千万座建筑
来变废墟的宫殿：千辆车装来
万斤的胭脂，装走洗下来的粉水。
脸像秋天的愁，对着装饰镜淌泪。

哪里去躲着，在众神的城堡里，
在永久春天的境域里，我在摸索着，
在损伤我灵魂的指头和翅膀
在多刺的树林，在多风暴的海洋。

死的是异乡的流浪人，梦者：
吞灭的是森林里发拓者的理想。

伍

人类经过千万年的旱荒，水灾，
　　地震，严冬的寒冷，山的崩裂，
　　心灵上的磨折，但是细细腻腻的
还在活着；经验着红的樱桃，

白骑士般的月亮，能醉往古代去的酒，
　　听见古舞女的歌，记忆外的声音，
　　人类伸手招呼将来底海和捕鲸船。
这都是奇迹。她是上帝的子孙，成了肉身。

喂着精神上的蜜饯，远方商人队带来的香料，
　　从海浪的海沫中打上来的母亲，
　　母胎中啼哭下来的万人之祖，都不然
她是万物大自然中的一滴微笑

　　痒了诗人的心胸，催醒了天龙的朦胧，
　　那一滴的微笑成了大奇迹中的大奇迹。

陆

在春日，她为我开了花园，她就是花园；
　　自然在户外刷了面帘开了一家宝石店，
　　麻雀在踢土，飞泉在噜苏，花的露水浴，
鱼在池面吐圆珠在夏的芦荻岸，

她是野地的狂，海水的香味，骑马出城，
　　山间多情欲的晚霞插头饰在她头上，
　　月亮撒着秋的甜味给凉的夜空气，
她在庄稼里撷下秋梦享受在苹果树下。

在稻香中积蓄预备长冬的美夜。
　　从雪的荒林，冬的冷矿里采猎归来，
　　烫热的古代酒，满桌的静画颜色，
她是除夕，给我以岁月；是暖生命的炭炉。

　　四季她为我装潢一本宇宙的新书，
　　在我生命的古锦织物上织进喜悦。

柒

在薄暮的阴凉中我看见我的姑娘
　　从花园的那一头走来。在一群
　　女子中她走着，她胜过她们的一切。
她有一副圆大的眼睛，一个能引起

敬爱的脸，深山密林间的深潭
　　使你想不起更远悠稳重的素色。
　　在城市的街头，你看见眼睛凝着，
人们止着脚。这是一阵甜蜜的音乐

石化了半身人像的马，她像“智慧”一样。
　　她脚步听见过的地方都留下好瓷器的优美，

从每个嘴里说出赞扬她的声音。
她像颗颗的星静静的亮在天上。

在人间她是优美的，一幅中国的风景
开展在你的眼前，微风吹动着。

捌

在没人踪迹的旷地山林中，
他是一个有耐心的开矿者，
拿了他的铲子，他的鹤头锄，
去找在万年的石层里春天长的金树枝；

在地的高处他用着一架望远镜
用眼睛去渔猎在宇宙的荒海中，
去圈红宝石，绿松石的岛屿，
提了自己的名字，放在天的航海图中；

这是一个盛夏满天星斗的晚夜，
看见她出现在万年的石层间
在无穷尽的天的航海水图中，
有金树枝的纯金、宝石岛屿的水晶

胜过一切。她是一颗新的领港星，
领我进入纯金般的生活的港湾。

玖

当黑夜来到的时候，它遮盖医院，
　　藏枯骨的地窨子，新的葡萄芽；
　　夜遮盖着一切像一个嫉妒的丈夫，
不让光的火把的指头爬上城的钟楼。

看哪，我点着红字的灯笼，提着，
　　走在山谷间村庄的古道，
　　我捉摸着更楼的所在，
谁能在绒般的夜里找到我所要的。

我被鬼灯笼，萤火虫撂倒在地上，
　　机房的织布机在磷火下织着恐怖；
　　徒然看着我用岁月所垒成不能抵敌的城，
黑夜漆着不能解的结，迷了解结的手。

　　遮盖着好几年，我的愚蠢夜般的遮盖她，
　　遮盖着百灵鸟的飞翔，也遮盖了她。

拾

什么单方能治因渴望而伤的心肠？
　　上那个庙里去烧香，磕头，求签，
　　日过日异样的风味吹破回忆的洋面，
哪里等到凶辰恶时节过去。

如果没有天神管辖情人的恳求，
　　让我们去创造一位天神来掌管；
　　容我去献踉跄和苍白的脸，
和半夜燃烧着没终止的清醒。

来吧，我来用一切的命运和金银
　　去贿赂恋神，受他的恩惠；
　　来缩短我和你间千万片红叶的距离，
神话里也没有个巨人能受得这般的劳神。

　　日夜的创造在我精神的石膏上雕刻出的，
　　原来是你，恋爱的神，我要急忙回来。

拾壹

像一个诗人放任他想象底野鹿
　　虽在雨漏风吹得过的楼顶屋里
　　也能冲进诗底森林，飞蹄闪无边的海；
决不让诗灵回来，离开蜜露的牧场：

像一个玩古董珠宝的人，
　　因时代的阔江，爱慕起古人抚过的花瓶！
　　红楼里曾碰过脸，掉过泪的铜镜！
他倾了产来买，灵魂一般的锁藏它们：

日夜我珍藏，细咬欣赏你的一字一句，
　　颗颗是我的真珠，枝枝是珊瑚；

就是你随意的吐谈成了醉夜的蜜珠，
扫着金矿的尘屑贮藏在至深的仓库里；

给在最细软思念的字句生了翅膀，
使我贫乏的日夜丰富得像宫殿的景况。

拾贰

“温柔的掠者，我饶恕你的盗劫！”
你放被马缰在无论何时来袭击我的边疆。
月亮的镰刀上挂着今夜庄稼的勒索，
在少年群中，抢去我的活泼，剩下的是痴心；

我非但留下买路钱，还留下我命运的线，
你找不到一个更愿意牺牲者伤在道旁；
不是弓箭刀枪，只是你的温柔的潇洒，
温柔的绿林好汉，拿了我的灵魂奔入梁山。

套套阵阵是甜蜜的探险，口口悦人的陷阱；
把我绑在你的树上，活埋在你的心坑里；
让我无可奈何的，游戏般脱逃着你的怀抱：
再来，夺剥我，盗劫我，最后的一声祈祷。

温柔的掠者，央求你不再恢复我的自由，财产，
我要在你埋伏我的山路上，趁月夜去行走。

拾叁

倘若我是上帝，万物的主宰的话，
　　我不给你白银黄金一类的东西；
　　我要阻止岁月的铁凿子，不让时间向
你的脸上凿着掏流出青春的皱纹，

我要把万物底初醒播种在你心头；
　　我不让你尝到死底冷落的味道，
　　你我有无始终的时辰去看山的颜色，
去觉得雨丝的湿，船的动，满天星斗的笼罩；

我给你一所房子在山坡上，白杨树叶下，
　　往下看是一面大湖，远看有绿色村落的大地，
　　有的富裕只够享乐几个友朋和鸟兽；
没有缺乏：有静的书本，深长的想念，爱。

　　这就是我们日夜所祈祷的祝福，
　　如果我是上帝，我不给我们别的。

拾肆

在薄暮的珠色中，我点数着点点滴滴的美，
　　你的笑容是容易懂得，而且是安静的，
　　走的是轻松直爽的步武，步步是远的青山，
眼睛，我所以打赌是晴夜的星星；

这几种只是运输搬迁的玉的器皿
　　来表显出你的更美的媚明，更亮的纯金。
　　活吗？你只是爱着，像夕阳般挣扎着爱。
你蒸滤了每个思念，来喂我灵魂的小花：

到处有好的消息传来，说你的故事。
　　就是说坏你的人也说你还有甘露给旱地。
　　上帝创造出来多么美妙的一篇散文诗！
来在我这晨风中的油灯上加了天明时的太阳。

　　有你甜蜜的梦，有你甜蜜的存在，
　　不论你那阵意念都能吹鸣诗人心里的琴。

拾伍

“夏”放牧它雪白的羊经过天空的蓝牧场；
　　“秋”败家浪子，任手浪费宝石般的家；
　　“冬”收藏了一生的买卖，头也怕露出来；
“春”半夜睡不着，起来把心去痒暖和的夜：

季季顺着它们的喜悦和忧郁来点缀
　　它们所爱约引以自傲的宇宙，
　　我有什么可以拿出来为你加点颜色，
我既是一个枯骨的月亮绕着借着你地球

如果我有春所播种在人心上的一切种子，
　　秋的古代情人的脸的回忆，

密封起来白的冬底库城，
有夏的池塘长满了芦苇的情的飘荡；

不用说季候的丰富和变化，就是我
未来的，因忆古今而流的泪也是你的。

拾陆

我看见过许多女人，老人的微笑：
有的微笑受了心肠的贿赂，
在交际席上的微笑是借钱的债户
是铁心的移动，牵拉着的死眼睛：

就是从内心涌溢出来的微笑，
他们的笑被意外的风摄了去；
微笑没等走出眼睛已经死了，
笑是心灵喜悦的落叶，是岁季的暮秋。

但是我拿什么来比喻你的微笑，
美的综合是偶然掘出来的钻石，
是晨光揭开远山巢里的村庄，
是月下的幽想躺在云上，一种新的经验。

最美丽的微笑是启迪乐园的钥匙，
你为我开了未曾开过的美库之门。

拾柒

当“生命”和“时光”载满了金色
　　献来的时候，我立刻会想起你；
　　没有你，金子失掉它的灿烂，
一切的富贵荣耀是堆堆的墓穴。

生命的光照亮我一切所有的
　　像月亮，像山岚，像黄昏的艳，
　　披罩着，诗化了每个物件，每个动作，
冈丘没有晨岚鼓不起路人的爱好；

我没有东西可以反射你的容貌，
　　我所反射的每件美事全是你的，
　　从月亮里抽去了它的光亮，
只剩下一座死山，挂在天空积土，

　　太阳本身没有用处，除了给冬日以暖和，
　　给稻麦以金须，给我以爱你的岁月。

拾捌

我像鱼一般的自由，在你的爱里游转，
　　无餍的吞着爱，我返覆，箭射，
　　马骑，飞腾，千变万化的
在你恋爱的国度里享受爱的意味。

我像鸟一般的自由，在你的爱里飞翻，
　　在你凤凰色彩的晚霞中狂旋，
　　在千万亩银鹅毛的秋天里，
我嘴衔着雪，领着春的回忆。

海底的鱼不想飞入天际，华眉不想入海：
　　在各自的想念中已是自由的本身，
　　哦，自愿的捆绑，自己带上的铐，
铁栅是我的天堂，自由在爱底井圈里。

　　被贬充军到荒蛮的去处是狭的道路；
　　可是那寂寞的路所领去的是你的住处。

拾玖

我爱去看月光照着寥落的废宫，
　　照在岛屿，庙宇前的古松，
　　当做街道的河流岸，水家埠头上；
情人满头月光；月光淹没的农村田庄。

我喜欢在月光下走，这不单是在美里沉沦，
　　这是去晶化心灵上的经验；发抖着，
　　苦苦的吸进爱月光的权利。
千百个夜，撒麦种者，撒幻想在金心里。

月光是圣洁的，它化尽了人世间
　　一切生硬，笨屈的轮廓，肮脏的犄角。

你是十五的月光诗化了我灵底家乡，
能洁我思想，行为底鸿沟和护城河的水。

贵家女月月浪费她自己的艳去等着新月：
你是一座满月，你越过寂寞来照着我。

贰拾

我感谢上帝为他创造出花瓣般轻的颜色，
森林像翡翠的古塔，活乌金的鲸鱼，
背着玛瑙的甲虫，五彩流在鸟背上，
春的早晨的鸟声，秋的古老的风使人凉愁。

我感谢海底创造，可以航灵魂到
灵景中未发现的群岛和江河里去；
夜的星，口口钻石井，在夜的深胎里。
黄昏时的云朵，落在晚秋荷叶上的细雨。

我感谢上帝，他的人底创造，一个生灵
可以看见水流着，可以摸抚婴孩的脸肉
有利剑的智力能透视宇宙的神秘，
有上帝般面庞的人是造物者的超峰。

我感谢上帝为他创造一切美的物件；
我更感谢上帝为了你，因你是一切美的根底。

贰拾壹

你是给生命的太阳，使稻熟成金，
使花朵长成香的要飞的蝴蝶，
给苦苦的长夜以东山流下来的蜜，
吐给山岳紫色的前留海，眼睛更亮的灯。

你是太阳，却没有它的毒，是我
冬日窗下门前暖我的日光，
化我冰结了的心血，使我觉得
生命在死里的骚动，在冬眠里的生命。

正是我所需的，阳光的恩惠，
我需要灯透进夜的深幕去，
再没有无名的冬夜绝望的恐怖，
我喜悦着为我已经看见了太阳。

宇宙间挂了千万盏太阳，
除了你，全为我白白的加油点着。

贰拾贰

我是像我奔跑追逐在绿色森林中的祖先，
我上冈下坡，跟着我的脚步，
寻找各处的野庙，拜过尸首，
浮在海港里的；拜过石膏做的神像。

贮积在心里是灭亡的石苗，拜过尼庵里
　　逃跑出来的野魂，被追逐的不是他们
　　却是我自己的羞辱，自己的愚蠢。
哦！我找到了！我卸了马鞍，我放下武器，

我放下了我不能再行伸长的弓，脱了胄甲，
　　在泉水旁脱下我的鞋，用凉水洗我眼，
　　我来到我所找到的女神的帐篷前；
垒起岩石来，把我疲乏了的马和我的猎鹰、

　　我骑倦了的腿，累了的心念，作燔祭，
　　在天海边际，大地的尽头，献给你。

贰拾叁

她的脸是一张地图，一本书，
　　从里面我念到能张航万里的水程，
　　引入古代仙宫去赴筵会的车马，
快乐刻在每条曲纹里，在每个酒窝里；

每个思念闪烁出眼睛的光亮时，
　　温存的雨水把奶喂着山谷的村落；
　　每阵笑声驶出来画舫在晶流的河上。
笑声把爱底翅膀释放在云间。

一页一页我翻着的是锦绣的字眼，
　　是从古昔底花瓶里出来的兰香

朵朵开着古希腊人的恋爱的美念。
有金钥匙锁着那本书，那张地图。

我的情人是给智慧和温柔的。
她用支芦荻划写在生底沙滩上。

贰拾肆

不要流泪，哭不是你的应份；
一颗心能笑着人世间的一切，
荣华的世家，和蔼可亲的态度
把你的爱撒在你的路上，踩着满天的星。

什么东西使你靠着临河的窗忧伤；
是老远老远记起来的一段故事，
在没人烟的疆场上听见什么歌声，
是谁的刺刺破了你灵魂的窗？

拭去你的眼泪，不要叫它们烫伤
你软的心肠，珍藏你的眼泪；
它们应该为喜悦而流湿脸的，
不是为了忧伤；你是为了幸福而生的。

掉眼泪不是你命里的应份，
让泪去哭它自己，干吗沾了你的脸。

贰拾伍

你不曾听有许多故事说到才子佳人？
　　古时有个皇上想爬条龙在山上，
　　于是有妇人背雨伞包袱走了万里，
去寻一个成了泥瓦匠的尸首的丈夫。

有人放出闺阁的灵魂像纸鹞，
　　所留剩下来的只是吹走纸鹞的秋风，
　　在诗词里刺满了标本家收集的
野林里蝴蝶般怨情的诗魂的赞扬：

佳人才子晕人的姿态
　　能叫狮子虎豹卸下万代的仇恨，
　　花成了干柴，鱼变了红土石根，
太阳误了“时间”的香程，月亮羞红了脸。

　　我信不了古书里有蠹虫味的谎：
　　你的美消灭一切的叹息和字眼。

贰拾陆

你的美在沉长的岁月中消耗，
　　好像薄暮从高树的荫下流走，
　　照在看牛人古铜的皮肤上
在驴的毛背上，风的香的飞行上；

把黄金宝玉灰土般的散给田野，
　　在荒城里没人顾问，没人来收藏；
　　太阳所抛弃的美空叩着心门；
黄昏所打尽的万物都在淡泊的网中。

珍宝你的美丽，珍宝着你的年轻，
　　利用你的时光来收集爱底庄稼。
　　来，向我倾出长的白杨树荫的爱
这像芙蓉鸟一般的黄昏是我们的佳酿。

　　千万不要把美在岁月中消耗，
　　让美长着爬山虎的脚把岁月遮盖。

贰拾柒

我说不出恋爱是什么，
　　真如我说不出她头发有夜森林黑；
　　池水是诗人的眼睛；风抓着心让雨咬；
有人走破了字典像地毡，死在意义的宇宙边外。

鼓楼有半夜钟，暴风狂雨中有人凫不过海峡；
　　有人追少妇，直把她逼成棵玉桂树；
　　人曾瞪着眼，痴等着京城变成废墟
成年的罗马人是笑过，哭过的灰尘。

就是野人也逃不了撒在风里的鸟网，
　　人们咒诅着，赞美着这只兽的残忍和皮毛，

在敌人的营盘里做了奸细，只贪着
骗到手的一脸苍白，两瓣少吐谈的嘴唇。

醉者，告诉我，酒底琥珀色的接吻是什么？
被恋爱浸吞了的青色人指着海，星……摇着头。

贰拾捌

我的短诗只是首首闲懒的歌谣；
像阵阵的风吹出早晨山林的蓝门，
是多岩石的山坡上牧人的乐声，
赶驴马，跟骆驼的，在古道上叫唱：

这是当你身心满足时来的一阵嗓音。
命运好待你的时候，给你阳光的颜色，
你生命的丝竹是支笛的造作，
在阳光下萦绕着万色的花丛；

歌颂你是仿佛溪水般潇洒的畅流，
我用不着牛飞的吃力，雪里暖血；
这是一阵清素的月色的白雾，
用不着金色和淡紫的冻露来搀糊。

闲清的歌曲配你雪白的纯洁，
你潇洒得像白丝散在月光的花园里。

贰拾玖

你的恋爱是一块多阳光雨水的田野，
　　那里我播种我生命的花；
　　清晨和黄昏园丁忙碌着：
我的思念是种子，你心是开花的田野。

向各村各乡我寻找异样花卉，
　　夜是我出门营商的时节；
　　我耘着，我看枝叉吐出绿的愉快，
主人合了园丁的匠心栽培着。

我生命的花朵，朵朵野山茶性的处女；
　　一霎眼远山村落的蜜蜂飞来，
　　只只诗一般传播着甜蜜的消息，
田野忙碌着园丁的祝福和喜悦。

　　今朝我采撷着最鲜洁的花叶
　　压在我的诗意里保存着去温习回忆。

叁拾

首首的诗我念着，我知道了
　　在诗底生命里灌着你的血；
　　它烧着，烧着代代生命的火烽台：
“一卷诗，一瓶酒，一面包，你在旁边！”

诗是你，我知道了无穷无尽的存在，
　　你是历代红楼中打搅人的心痛，
　　你是使人有奋兴，有水晶角度上的变化。
“……你在旁边。”我活命的酵母。

不，不，波斯的诗人，等一等，
　　她是诗成了肉身；海底尾巴
　　无止息的卷抚着野的沙岸和“城市”
她也这样拍着我茂盛的大草原，

　　去焚烧死了的爬伏着的诗行飞腾，
　　我拥着诗就漫游在千万个世界里。

叁拾壹

我已经进入了永恒，我闭眼睛时，
　　那是化入成了她的一个朦朦亮时的梦；
　　她的接吻已经揭去了“死”底咒话，
她的拥抱是我“生”的蓬帐：

我已经进入了永生的梦，我睁开了眼，
　　青天向我默示了种种新的金程；
　　海也不白白的同黄昏一起下去，
仿佛有音乐的演奏刷洗了心灵：

以后剩下来的年月的打发
　　是初恋时的风和星夜的灿烂；

一举一动的甜蜜和惊讶，
第一夜是我以后一生的典型。

我不是站在不朽的诗人们中，
我是恋爱底不朽者，恋爱底承继者。

叁拾贰

恋爱是个日夜好梦的织工。
他向四面八方搜集优美的线，
在山谷里养着吃最绿桑叶的蚕，
重价向辽远的商人去收买颜料；

图样是自然界最美妙的出品，
有奇异的飞禽走兽，花卉草树；
想象像火焰漾荡天际的城楼，
有春的微动的意念，熟红的玫瑰，

也不是没有眼泪的亮的成分，
提心吊胆的想念，疯般的痴呆，
点缀着三分忧郁，灰色，
织工织着历史，翻一页织一页情人的梦。

今朝你我织着，织着多多的好梦，
织着明朝你我居住的花园和宫殿。

叁拾叁

如果把恋爱放在医院施手术的台上，
　　没有精巧的国手能知道是什么。
　　把恋爱底古绣帷丝丝的折散——
梳凤凰髻的姑娘，雕梁画栋，鹦鹉——

只是冷冷的几阵愁风，几滴泪迹。
　　把恋爱放在古的荒城中来读念，
　　不知是恨过去的美人，还是自己的蠢；
我去焚烧秋的芦苇，翻破香艳的诗词。

老荷马的金橹也摇不出爱的识悟，
　　进行着是恋爱底庙会在萧条的高原上，
　　在山水明秀的胜地，千丈绝崖，
美名的酒并不能吐出恋爱底夜香。

　　恋爱是高山上积的夏水，秋的狂奔呼啸；
　　流出的血是爱，恋爱永远找不到自己。

叁拾肆

我生命的快乐就是我能恋爱你，
　　我的快乐是生命给我的酬报因我爱了你；
　　幼年时生命的重担还没有向我勒索什么，
白天有快乐装满了口袋，晚间有母亲的胸怀：

当我正向海走到过腰的时候，
　　我的气喘不过来，我的脚踩不着泥，
　　在鸥鸟的讥笑中，任波浪颠倒，
前面是无穷的碧色，后面是黄金的弯刀岸；

生命没有剩下几件小东西能让我窥探出
　　在岁月间是有甜头的，
　　百叶窗淋了昨夜的雨，今晨开了，
屋檐，山头，云，至轻的金色。你来了。

　　想不到在海中有一座能歇脚的小岛，
　　像个复活了的人对生命有更大的欲望。

叁拾伍

我的恋爱不是一只季徙飘泊的鸟，
　　抛弃了白露下搽胭脂的枫林的脸，
　　沿着河飞去，听了一下异域异族的声音，
又去追随凤凰般的云，落在异乡的金胸上；

我的恋爱，爱它现有的田园故乡的景色，
　　爱时时来叩门，淋梧桐叶的雨和雪，
　　爱往昔点缀过寂寞的眼泪，湖底里的星，
它只爱能照入它故乡的月光，吹入的风；

我的恋爱坚持着，是古庙里千年的松，
　　我召唤你像我黄昏时召唤飘泊的鸟过个寒宵，

我的根须伸入地府深处，系着地底基础，
暴风吹塌古庙却吹不到我松树的一支一针。

它的恋爱像大海般万年锁着大地，
我只能同地之根，天之枝同时消灭。

叁拾陆

新月在旧月的摇篮里长大起来，
偷偷的看着海港上的夜灯，
在林子里亮着情人们的眼睛；
月月的新月醉尽月月的痴人。

首首的十四行诗，蕊蕊灵上的香，
祈祷，无边际的荒原的痛，
向着你照，照出你我行走的小道；
首首的诗烧尽恋爱的心。

我的诗难道能成岁月的新月
去燃烧恋爱人黄昏一般软的心，
不成了徒然的夜半的露滴，
百灵鸟翅膀上的露湿干在蓝天里。

这全是你的爱和你的思念，
不然我的天是乌云，诗是盐海的水。

叁拾柒

没有你的一个世界天地，
　　我想象捉摸不出来，
　　千春那里去吐出她的百花，
夜星那里还能亮得起来惊人，

那里从千古诗人的心旷中
　　捞得起轻轻的怨恨和忧愁？
　　冬季会同松柏一起在秋里死了，
雪花不是五谷，桃花，山流的保姆；

我的岁月是泼在沙地上的水、
　　我的书桌是凄凉无比的北极地，
　　宇宙万物都加不上你的一枝一叶，
你的颜色烧不着花蕊里最深的一瓣。

　　你为了我拿动人的意象给了海，
　　充满我拿你全心的存在。

叁拾捌

当我想起染坊里的伙计
　　染了皇上的龙袍献进宫去；
　　当我看见画家画一个小孩
孩子脸上的皮肉游动起来；

当我看见一个建筑师打了图样，
　　站起来一所被雪有红灯的房子；
　　当我看见一个梦者梦想着，
荒地上有了座用珠子作门的皇城；

当我看见年老的诗人苦苦的
　　在盖一所给人们灵魂住的房屋；
　　当我看我自己空手在大道上走着，
我咒诅我没有艺人的匠心，灵感。

　　这几行诗句如果能忍受时间的钢铁，
　　那是她的灵感和艺心借我的手。

叁拾玖

我们的爱仿佛是一条长长的江流，
　　飘荡着水鸟流入收一切的海去；
　　我们有老渔翁的钓鱼竹架在边上；
有像童话里载的炮台，守着江湾的水；

从上流带来玉般的米，棕色的竹笋；
　　临江的埠头集着近山的野味；
　　水流着新月经过千百根桅杆
去应船人的歌；半夜江声亲着船。

流着流着，无终息的流着是爱的喜悦，
　　一切一切都混合在一条涌流之中。

在我们的江口让“来世”等着，
在丧钟声中我们冲入海的大爱里。

从春底源头里飞下山峡的急流，
去追逐春底头发，去打一个解不散的蓝结。

肆拾

不要让任何人误解我诗里的诚意、
不然我会给他一个翻不过身来的咒诅；
睁开你的眼睛，用不着白天点你的灯，
诗里没有一座意象是拜野佛偶像的。

这里没有什么古代神怪的事迹，虚张的词；
只是一件恋爱，自然得像星星在黄昏开，
片段零碎的意念，轻得像春夜般的惦念；
它们浮在我生命的河上，只只是古的沙船。

念完了，你可以告诉你的伙伴，你自己，
“首首是说恋爱，首首是说一个叫荫的姑娘。
一段故事，像是从代传记里采撷下来的。
在上面摸得着一支脉顺着大地山海跳着。”

读者，我会日夜求上帝祝福你的身心，
因为你听见了歌声，从未有人唱过的。

肆拾壹

好几年我做过羞耻底朝山进香，
　　呓语中妄想出来的圣地，在身心疲乏时；
　　远眺是厅殿楼阁，近时却冒着邪恶底峥嵘；
暮灯仅照出它吓人的凶狞，借的店是可耻的回忆。

我要上什么地方可以忏悔超度？
　　学欧洲中古世纪的修行者的苦切，
　　往沙漠让心去喝寂寥，皮肤去吃硬的刺
年月上加年月，爬着撞自己的头流着血，

直等到水流完了它的阴沟的黑道，
　　在海的盐里晶冻了纯洁的圣山，
　　我才能敢把我的爱放在你的面前，
才能从岁月中得蒙你的恩宠。

　　苦修者的幸福是旷野中灵魂的涤洗，
　　涤洗我用你的恋爱，是我灵魂的光复。

肆拾贰

夜晚寂寥没有星星带来的时候，
　　我的窗不饰着动抖的水晶，
　　夜不搅浓了我的心，不使我狂悦，
没有银色的月亮骑马由江河入海；

当白天没有太阳照出山坡的羊，
　　撒它的黄金在森林的叶上，
　　人不能在池水中睁眼看蛇波纹，
没有一丝亮的喜悦点照早晨的山头；

地球是一块黑煤死在宇宙的当中，
　　白天是像从窑里出来不熟的器皿，
　　灵魂惨淡，孤单，哭在天地间，去盼望
夜初的黄昏晓，太阳的金箭射面蒲扇在天边

　　什么是清夜的幽香，太阳静的祝福；
　　她要来驱逐无眼睛闪的夜，阴天的重担。

肆拾叁

让他们去喝酒家晨色的酒，
　　甜苦的回忆在里面醉，在里面遗忘；
　　让历史里嘴唇的朱红去点缀人的梦；
音乐家从音井里掏出来的天籁

来驯顺野的情欲；让大自然滴下
　　黄金的福音去给爱黄昏的心灵；
　　让月亮白白的洗了脸；鸟类喝了
山泉来唱尽山水的引诱；月下湖夜的艳。

都好，都是诱惑给烦恼的灵魂。
　　但是我的心是久旱的一方山田，

我不需要它们真像我不需要恶梦。
只要你的一滴甘霖，太阳最轻的一意。

那，香的稻里有老鹌鹑喂着小的，
苹果花的上面有红襟鸟，下面有情人。

肆拾肆

不要说我是多忧虑，多病，又苍白，
我为了思忖你的爱，我在沙滤我的生命。
经过黑拳头，旧绳般的丛林，它缠绊我心，
老远，老远，有鸽子叫的地方，回荡的微怨；

山谷的美田藏着大地少年母亲的庄稼，
对山村落里的人只有饥饿，寥落，
听着是山雨，松涛着浓泉的声音，
这里的菜圃却成了块块的台级石块。

来，让佳酿般的风雨飘摇，
夜夜泉水涌上家家户户的门首，
牲口满满的籴来金年收获的忙碌，
灵上的丰年，不再让我伸苍白的手向着瘦风；

如果多忧虑是恋爱的丰收的红夕，
让你相信我在渴望中消耗着等候。

肆拾伍

我孤零仃仃的一个人在屋里
　　伴着我的回忆在想念你：
　　能不能秋的风雨不吹动我的窗，
能不能雨淋着的树叶子不动，

能不能远街的叫卖声听不见，
　　能不能没有车马在我的门口走过，
　　能不能我麻醉在沉痛的寂寞中，
能不能我喊叫时，你答应我半声

能不能屋里的阴雨色换些晨光，
　　能不能那湿的鞋声变成是你的，
　　能不能让风吹到你那里我的叹息，
能不能一秒钟的飞，飞到你那里？

　　我没法得只在屋里踱来踱去，
　　没有声音？我再来静静的靠着雨窗站着。

肆拾陆

当我想起有一天我要进入一个黑的世界，
　　恐怖抓不着我的脖子使我害怕；
　　也许我就进入了一阵美的长眠，
卸除了烦恼的锁链，躺着看天。

我所害怕的世界是没有你的世界，
　　把“死亡”和“离别”来比拟
　　一万个死抵不过刹那间的隔离。
这里有夜底狩猎的尸首在各处各地，

“死”从没有打搅过我，除了联想起你；
　　那时候“死”是可怕得叫我发抖。
　　那我再不能感觉你热的头发，
我只好带走永久的痛伤给孤寂的黄昏。

　　我并不害怕离开这生命山间的客店，
　　我所害怕的是没有你的宇宙。

肆拾柒

那时候当长虹白白的为我搭顶桥，
　　雨水白白的淋在我的头上，
　　当阳光晒尽了我生命的龙头，
再也感觉不到白云的影子在地上飞；

我会告诉我的灵魂是一件美事：
　　我曾恋爱她，我没有把一生卖给懊丧，
　　每一页上加了她和爱底朱印；
我没有贪过生，我只贪过能多爱她的岁月。

当我在旅途中被吹灭的时候
　　我没有遗恨，我带走的是生的至宝的回忆：

我曾经眷念过她在茫茫生底路边，
如果没有她，生就是一场恶梦的预兆。

自从人有生命以来，我就等着，
我的生是换她的爱而有的。

肆拾捌

我已经活了半世，上山的路算是完了，
我害怕我不能活得够长的来爱你；
这是我昼夜的远虑，我的忧伤；
才发见一片绿的山庄，我就要离开了。

有许多害怕的事，可是没有这般梦魇，
在我想象着听见那使人忧伤
孤独者的脚步的声音的时候，
（哦，这是有罪过的想念）我时候难受。

这是肉和灵整个的要求，
我甚至于怀疑我的感觉，
有眼泪我可以拭，有叹息可以给风，
有笑可以珍藏在我的眼里。

太短，太短，就是将来有万年，
也让我用双手捧着这懦弱而万能的生命。

肆拾玖

温温柔柔的在想你，在秋城的那一头，
　　在零碎飘落的树叶声中；
　　我能叫黄昏的美来传达此处的秋凉，
我想念得轻成条条的蚕丝。

秋夜的星在树枝上爬着像头蜗牛，
　　秋晚放出银鸽驶向你那儿去，
　　有话可以托付今晚的秋意吗？
今晚怎的像风一般没有一刻平息。

我什么也感觉不到，只有秋似乎遗失了什么。
　　夜深在秋的水里是最明莹的古瓷，
　　我只看见我的心似乎荡在夜凉里；
温温柔柔的在想念你在秋的叹息里。

　　盖在夜底镶着星宿的黑天碗下，
　　我在想念你今夜的寂寞呢！

伍拾

我是迷路在深山的迷雾里的客人
　　寻找亲人的声音和贴红字的灯笼；
　　有千条路，却没有一条引到她那里去的，
有万件事引我想她，只是见不得她。

在旱地渴望白云的鹏飞过来，
　　守着死潭望泉源复活的狂飞，
　　子夜时分盼着小鸟的第一声，
这是在死亡底边疆远望生底回顾。

这是一阵圣的饥饿的喊叫。
　　今薄暮你伴着哪一边的晚霞，
　　白白的增加是我的惆怅；
受这黄昏的饥饿难道是我的干粮？

　　什么时候才能一饱空街的寂寞，
　　挂念的渴望，天大般的饥饿。

伍拾壹

我一想起我身体弱，气色苍白
　　我就为了我的生命忧伤，
　　这不是仅仅硬要澎涨岁月底篷帐，
乃是我不愿醒这个同她做的生命梦；

到现在我才知道生命点滴远胜真珠滴粒，
　　滴圆珠换不来真珠般圆滑的喜乐。
　　让我们骑着时光底天马，永远
在阳光里飞扬，浩荡如风的在大道上。

我能活多久？生命怎的有人浪费！
　　我有多久时辰能维持这场梦底原野大火？

我要哭到你那里去抓住时间底鹿角，
舍不得把生命底嫩叶来喂寂寞的苦嘴，

西风起来了，我要加紧珍重我的这场梦，
我愿把我全部的诗篇来换零碎的岁月。

伍拾贰

魔鬼在黄昏的深处用他的红笔
在乌云边际画着恐怖的文字，
一霎眼间小鸟在林叶中抓了心，
被撕飘在雨水醉风的接吻中。

失了家，离了群，没有流浪人
去看这副景象的无望，冷落的忧伤，
不会感觉到小鸟的遭遇和自己同命，
意志吹翻了在黑的地窖子，黑洞的水里。

不，我的心借店在一个完美的居地。
那知道生活会这样暖火，可以来烤
在赤冰无情的礁岛上的枯魂。
淋湿我的只有她爱我，为我掉的眼泪。

惊我的是她爱的奇妙；雨水风暴
只是黑夜里催眠，催促浓恋的情调。

伍拾叁

她是给人以饮冰水的盛夏，不给人以瘟疫；
　　她是平静的海，给人以碧色的梦；
　　她是有暖火阳光的雪晨，不拿冰木人；
她是树下露宿的睡眠，没有毒的蛇；

她是永久少年底生，没有病痛；
　　她是喜悦的跳跃，在满山的红花中；
　　她是多颜色的果园，庄稼的收获。
盛夏，碧色的海，贵玉雕刻天下的时候。

银河下中国的夜，生命像狂飙，酒香，
　　像皇上的行列经过我的荒漠，
　　从无花草的心境上，唤醒了大的“无穷尽”，
无边疆的爱和幽情。就是死亡也是甜的：

　　那是消灭，这消灭是进入永过的完美；
　　这次进入是进入家乡，她是我宇宙的家。

伍拾肆

不能再忍着夜的风声，眷念
　　在远远雨水的城市中
　　起来捡一两件行李和我的心念
穿过南国山水的图画和雕像，

躲避着云外飞来的声音。

　　在失眠的意识中感觉到仰首的九龙，

　　飘过来的在夜的静里是岛香；

圣诞节在香港的岸上点着灯，

抱在怀里是异域人在异域的痛伤。

　　如果这顶是“叹息的桥梁”，

　　那让我叹息着走过这顶桥，

上那条船带我脱离久长岁月的羞耻。

　　风坐在摇篮里；船夫，快生起火来，

　　让我望尽海的波浪，望到北国的灯光。

伍拾伍

我可以没有米饭和水去活着，

　　可以没有腿去走遍天下胜地，

　　没有手去描摹美妙的境地，

没有眼睛去囫囵吞吐长鹦鹉毛的海；

让“死”去关在无底坑的磐石下，

　　“生”去填满城市的街坊，剧场，

　　迷茫的“将来”去重演人类的历史，

让“恐怖”哑巴了迷在大丛林里；

我顾不得花在今天添了粉红色，

　　顾不到星星放下了多少消息，

秋风的凄凉和闲静在城的那头，
我顾不到古书的城堡里的芬芳

黄昏时靠在椅子上渴望着，
渴望着你和你怀里的爱。

伍拾陆

没有葡萄，没有喂蝉的露水
能够饱满我心上起来的饥饿。
这是阵阵颤抖的摇撼；
等于用肚子爬在沙漠地上去寻水，

不是肉体的希罕，不是触觉的温暖，
衣服窸窣的声音，看不见的香，
多么耀目的颜色，波浪的动。
不是，不是；我要更深更无底的满足。

这是灵魂的蜿蜒去缠绕着
另一个灵魂而能得到饱满；
这盼望是抽干精神上水质的磨难，
这是倒在时间千万斤重的针下。

哦，消灭肉体间重山阔海的隔绝，
让我的灵魂放牧在你的灵土上。

伍拾柒

悲哀没有多少痛苦如果同离别的悲哀比：
　　这是听不见热而熟悉的声音；
　　动作，走路，地板应着的声音，
“近能亲”的、觉得呼吸的韵的近；

离别是知觉顿时的麻木，无能的摸捉，
　　是看着“死”的伴侣，架上的相片；
　　你正在湖的那一头隐隐的哭，
看着，看着路的拐角上有人提了灯；

叫着，叫着叫不来一个答应名字的人；
　　脚不能走一日千里的路程，
　　眼看不见山林池塘的那面，
干干的似乎只等待着一个消息。

　　病的电报来了，生命转过脸来，
　　身子绑在地根上，脸却向着北。

伍拾捌

经过死亡的幽谷，寂寞得要哭；
　　乡间风光，渡过海江，小池塘，
　　一滴一滴的恋爱珠散在去程上，
要带回去的惦念给我心痛的。

竹香中江南的雨点掉在脸上；
　　灰色天，黄的扬子江压在心头；
　　向友人说什么，看看船后的水沫。
下站是九江了，着了岸是半夜；

我所站的地会应着远地人的心。
　　长江的尾巴长长的拖着渔村，
　　头向长处去探更远离她的埠头；
骑在江背上没有言语寂寞着看水。

　　没有辞别，走得很快，上了船，
　　几时再能看我北国的云和我的荫。

伍拾玖

这是恋爱的一个寒夜，你退缩得好远像星：
　　宁说，我漂泊得远，顺了江流，沿了山脉
　　我氽走的不是一颗不寒颤而微病的心，
去寻找我的生活，为了我的一瓜瓢的水饭。

我似乎把你留在海岸的码头上等我，
　　等候是苦心的，贱价的酒店沽的酒；
　　我没有一个可以容纳你原谅的理由，
千里的水沫跟了船更拉紧绞痛的心：

一程一程心头上加上层层的屏风：活的江山，
　　雨水和枫叶上的红风，好颤心的屏风；

两礼拜的再见，竟别了半年，走遍了天下，
寒心在寒夜在中国的尽头，冷在风头。

这是命运戏弄，戏弄漂泊人的心肠，
出门人过了一个恋爱的寒夜像一颗星。

陆拾

如果一切的河流是丝绸在风里走，
山岳是玛瑙，花朵是奇妙的思念，
人是玻璃柜里的瓷娃娃，城市
是盆中假山上的村落，山麓的一潭水是海：

这般的天下还不如我给她的恩爱一般；
只要是一支想象就是去天堂的方向；
不打而就开的是纯金的门，只要紧握一下，
天下的河山像花般开做蓝天的边框：

财宝富贵像是小沟旁的烂草根，
思念会刺猬了恶魔，玛瑙许染有无辜人的血，
冷的行尸是娃娃，城门上挂了“死”底敕匾，
黑龙潭在念它万年灭人群的历史。

天下再没有像我们一样浓的思情的桨，
可以平静的航在危险和可憎恶的海江。

陆拾壹

我在我的桌子前写着我的十四行诗，写着，
　　听我的思念去张着长的知觉底鬓角
　　去生疏而艰难的灵界作情诗的探险；
燃着了爱底诗焰只烧出几丝金意金念：

为什么把恩情打着包驮在白纸的背上、
　　让黄色来淹我的意念，毛蠹虫踩我的叹息；
　　省得后来的冷人嘲笑我“无故寻愁觅恨……
古今不肖无双，”免得诗底诞生时的苦床？

我要上她那里去，她坐在我的脚旁，
　　听她那种的声调说着，长长的说着话，
　　看她大眼睛的闪烁来增加笑底美
她的举止把我的十四行成了点点的黑疵。

　　我要在活的诗里过我的岁月，烤我的火，
　　让我同她活写在宇宙的书本里。

陆拾贰

当严冬使我的老年打战，抖擞的时候，
　　不用说有年少恋你的回忆伴我的昼夜，
　　还有你自己做暖我心意的太阳的热，
“时间”在你脸上所耕的犁沟要收获丰美；

你曾经做过我走到悬崖时的栏杆，
　　是使我不失足掉落万丈雪涧的绳缆；
　　不但是我桅杆傍的北斗，叫我心不愁，
你还是我诗库，千里外闻得到的美念花园。

当我慢慢关上这本生命书的时候，
　　从书页间有某宴会，某夜给你的花的香；
　　能听见在窗外的凉风细雨，荷花上的船声；
我要带回去你的回忆和你的音。

　　我暮年的季期不会带来寂寞和忧伤的气候，
　　过冬的蜂房已经充满了从你爱上采来的蜜。

陆拾叁

拉上帆，我预备好要开船了，
　　荫，这一次的航海是归家的路程，
　　我们的舱里已经装满了泪和喜悦，
从异乡的港湾驶向故乡的村灯；

把忧伤掷给还拖接着岸的水沫路，
　　新娘的颊上挂不上昨夜的眼泪，
　　第一阵带故乡味的风把你的头发
吹上了我的脸拭走历代遗下的噩梦；

任海怎样扔碎它自己宝石的力量，
　　黑云魔鬼的大腿，天上断了针，

　　我们眼睛只有北斗星，手下只有舵，
你站在我旁边，一天的干粮，一壶淡水。

　　我们仅仅听见对岸母亲的呼声，
　　这是个美好的冒险，有你站在我旁边。

陆拾肆

万夜胎中的今夜是剧痛的临产期。
　　万代鬼叫出来的酒，今夜满满的
　　斟在我的杯中。恩爱的述说，
提醒起暂时天上的夏星，异地的追念，

老远江上的风，凉亭周围看过的红叶。
　　泪对着泪，用晚的叹息换来摇着的头，
　　石夜哭不醒枯谢的石树石花。
我被压在十二月夜，异乡黄灯的重量下。

在黑暗的冬夜里叫名字是徒然的，
　　这是像刮过蒙古吹入中原的黄风，
　　或者像长叹息消耗在夜底城牒旁，
一声一声仔细的叫，一声一声恳切的。

　　怕打搅夜里催情的神，不带来脚声。
　　脚声响了，却带来了更硬的剧痛。

陆拾伍

每天烦恼忧伤，像露水湿透了的野草，
　　黑夜似乎再也不能从海底掏出一个晨曦，
　　在枯井里绕着绕着，磨转着空磨，
自己掩着，又摔碎了能照亮道路的灯。

灵魂的干粮稀少得像沙里的金粒，
　　身子的虚弱是没有山泉涌过的河床，
　　一副七巧板来替代了人情世故，
向我伸出的手，给我的冷淡没味的水。

夜间没有星亮，白天没有阳光；
　　山上流不下落叶和飞禽的声音，
　　每步路是一口陷阱，口口是黄连；
在思念的云边望不到希望底一丝襚子。

　　可是我仍然会有一只手在暗中搀我，
　　每步台级有她的灯，她的声音，提醒我。

陆拾陆

北极拖雪车的狗像纯真的北极人，
　　当雪暴平行扫地的时候，
　　它向着风来的方向看着；
那只螳螂，虽只有几根翡翠的骨头，

却是一座要抵挡万乘君王的堡垒，
　　一时是惊吓皇上军骑的仇敌：
　　不论北极的暴风雪雨的击打，
巨大车轮的辘声，只是增加铜铁的坚硬。

我曾觉得忧伤放出它雨般的箭，
　　嘲笑，诽谤有洪水的凶势，
　　可是眼泪短不了心中的希冀。
空城是许多历史上英雄的末路。

　　忧伤减轻不了向风来的方向凝视的能力，
　　螳螂羞耻了它所抵挡的万乘君王。

陆拾柒

盘香般夜的灯火在水面上，
　　我的祈祷在清香的螺丝体里，
　　腾向到至圣者的宝座前去，
祈祷着为了她的生底播种在我的死亡上。

我同白天一起祈祷：云满的山顶，
　　秋林的琥珀，夏天的土耳其玉；飞的海棠，
　　玉兰，紫薇；山地丈高的白杨；
婴孩的微笑。我同黄昏一起祈祷，

它的寥落，它的大地；夜来了，
　　为了她我同黑夜底圣，祈祷我的上帝，

同小星，微红的星，夜的竹林，
夜的虫，夜的鸟，夜的都市，夜的无穷尽。

为了她祈祷，焚香，沐浴，自洁，
因为她把她的生播种在我的死亡上。

陆拾捌

虽然今天有颜色来雕刻天空，
有油画的调色板掷进秋的画布上去，
百鸟的鸣声散在羽毛上，落在风底羽翼上，
山泉在说夏日急雨时深山庙宇的美蜜；

今天在恭祝的是宇宙的幸福，
今天却没有黑夜，黑手的来临，
这是一个长日，一个愈长愈好的秋日，
有几只小鸟看着她，说些天爽的故事；

今天宫殿里却没有放出庆祝的炮声，
没有整夜玻璃灯下的轻舞的轻脚，
四海没有贡献礼物来放在脚前，
好几年前在某城生下了一个孩子。

她来加美一个诗人的诗底古塔，
来陪一个人走过这条长而崎岖的路。

陆拾玖

我一看见你眼睛里有眼泪的影子时候，
　　我想不起来这是那里来的忧伤；
　　什么秘密的幻灭，什么隐藏的虎迹，
用贱价的花纸糊了你早期的心灵？

你有刚强得像狮子爪的钢铁，
　　你能撒忧伤的麦皮给一弯的江雨，
　　在最细小轻微天真的事上找到笑材料，
雪暴打在脸上，你可讥消山岳的镇静；

除非你听见了什么人说我的不好，
　　人家砍了我的树枝做成射你的弓箭，
　　拿了你的忧伤成他们自己得意的奖赏。
用不着张天师的符，只要阳光来揭开烟雾。

　　当人蘸了一锄头的侮辱来抓你时，记着；
　　毒人心的有的是人，人有的是豺狼。

柒拾

我仿佛是一个行乞的流亡徒在生底边缘上；
　　颈上，脚踝上，背，腰，肩膀上，
　　拴着的是懊丧，惭愧底缰绳；
所走的路是引向最冷，最荒凉的边疆地方。

我不该去把头放在磨坊主人的磨上，
　　不该去饮壁上画的水瓶里的水，
　　抱着死人的头去摇几星智慧出来，
不该留了船给仇人来引渡我的灭亡。

懊丧和惭愧蒙着我的脸像蒙在寡妇头上的麻，
　　在市井中把体面拍卖给闲看闲说的人。
　　夜间我没命的想打破往年的石门，
留给早晨的是永久无止息的隐痛。

　　怎的不早认识你，我心里的偶像！
　　最大的懊丧莫如仇人的暗伤。

柒拾壹

我还得要说我的一切都是你的？
　　碧海和它的黄沙粒，我提在竹篮里；
　　有的是像生栗子的星球，把把的光，
手臂上绕着条条石缝里的宝玉钻石：

笔头里我蘸了生活的秘密和神奇，
　　未产生的诗卷卷在长樱桃的花蕊里：
　　西山后飞出薄暮晚霞的羽翼，甜的忧愁，
在我生命的活画里也绣着万鸟的飞翔；

我的手长满了爱底觉触，我的眼睛看着：
　　仿佛天空蔚蓝的丰富，我的心是蜂窝，

个个窟窿封藏了蜜酒的梦；我的挂虑你
是满山的桂花，千里的村落醉在香上：

一切我都预备好了，我在晨色里等候你，
等你来赏赐我，免得我赤身露体。

柒拾贰

来的时候我是像一只残废的羊，
不配收在你篷帐里的一口夜飘魂；
攀登没有途径的山林摔折了腿，
只是为着跟了意想去寻找些根香的草花。

眼睛是最轻的晨光，是渴望的甜水井：
我放纵的躺在你甜草的收容中；
我朝山香客的愿望是个能安慰心灵的消息，
一只手能取出腿里的刺和途中的疲乏。

月夜曾使我遗忘过群狼埋伏的夜行，
跳跃过千丈的绝崖，投过苦客的山涧，
浪费的是深山绿林里的血和剑声，
在背后我拖着虎豺的踪迹和咆哮。

睡莲上的露水是没有什么香可以自傲的，
只是一个睡醒了的心和它的噩梦的忏悔。

柒拾叁

一本犹太的古书上有句话说：
　　“我如果能说天使的语言，
　　而没有爱，我就像鸣金响钹。”
它们颗颗是金星，是生活底楼阁角的铁马。

我虽然满着有从海的这面到海的那面多的战舰，
　　我可以像浪子飘落金银像暮秋的树林，
　　能叫回昨天的黄昏和客岁夜过的野雁，
能给人以生命，做施舍“永生”的施主；

但我没有爱，我是一块待鸢鹰来啄的烂肉，
　　我的首首诗意是地窑里陈年的瘴气，
　　走的路领向野塚，幻想是幅幅的血影，
放进去的是泉水蜜语，阴沟里的黑水咒诅流出。

　　我的宇宙建筑在爱底盘石上，
　　你就是我爱的盘石的基础。

柒拾肆

虽然我在恋爱的河沿里埋了自己，
　　我还是觉得秋夜星月水晶般的冷寒，
　　“凄凉”还在街头的摊儿里出售，
也许寂寥底遗产便是免不了的运命；

我确觉得我的知觉更灵敏了，
　　家的甜，巢窝是我爱的野地物，
　　古代的诗词里的驴过古道的风味，
更增加我挨近诗梦的故乡的颤抖。

恋爱是座风磨，转磨着进入者的心，
　　一秕一糠的剥削，赤裸裸的出来，
　　他能听见花朵放香味的声音，
手里拿了至敏锐的感觉撞着走。

　　有许多人经过了这世界没被请入赴席：
　　真是可耻的蒙了头潜入黑暗底夜里去。

柒拾伍

当我看见两枝古老的藤盘在一起，
　　已经经过了千秋的雨和夜云的滋润；
　　一对鸟飞着飞着在城墙上化尽，
那里是窝，羽翼化入羽翼里去。

当海天一色，当我孤单寂寞的时候，
　　远远隐约的看见“死”底灯笼的颤抖，
　　我只有一个恳求的愿望存在心头；
其余的想头都是白天无谓的呐喊。

我希望我们一时死，死在一起。
　　不是一起跳进火山玫瑰花的嘴里，

或者把两个头拴在铁轨的锈的接吻上；
却是慢慢的，自然得像冬暮般死去——

手搀手，从老迈的躯壳的窝里出来，
像一对小孩子走进永远不醒的森林。

柒拾陆

当我点数捡拾生活底嘲笑的时候——
晨星编成的鞭子鞭打昨夜的噩梦，
身子是微生虫的奴隶，“死”摇落了
亲人的灵魂，遗下痛痒不关的肉体；

人站在我肩膀上，他们曲扭我的行动，
绞出来的盐水来点滴我裂口的心；
情欲底鱼影追逐着水上垂柳，
冒上来的是苦水的泡；半世是嘲笑

足足可以使我绝望，可是在嘲笑声中
有翅膀的声音，“希望”来了，
当我想起她的时候，那我在静时
所点数的嘲笑已经是深夜末一阵的鬼喊。

当我点数捡拾生活底嘲笑的时候，
她在我的后面嘲笑着生活底嘲笑。

柒拾柒

我的思想像巨鹏千万里的翅膀，
　　打着地极的海，天边的云和群星。
　　一霎眼间飞去饮古代时流的河床，
去看埃及的奴隶建筑纪念尘土的金字塔，

看眼泪掉在长城工人住房的胡笳旁；
　　一刹那我的思念是至细微的菌虫，
　　感觉到胭脂的红，由喜悦的热而再冷，
也尝过千代的工作，烂在诗人的心里。

我用智慧底灯笼照过我走过的路，
　　在山头能留恋的是不能再苏醒的生命，
　　运命飘流着我，我天天在盖造着幻想，
来替代洋灰铁精的高阁城楼。

　　可是不管我的思念如何奔流狂飞；
　　末了，都从田野航程归来向你。

柒拾捌

在临终的床上，如果我发现我的冀望
　　丝毫没有实现时，我会微笑；
　　我要讥笑每个成功底城廓的影子，
我要大笑许多满载着珠宝而赤身回去的人。

在我最宝贝的是诗的沉想，
　　诗的沉想中最美的是惦念她，
　　每滴血的红宝石的抖动，每丝肉的弹性；
我张帆时我装走了她的惦念：

我要想到地球是天海中的一沙，
　　贵人的嘴成了土，楼阁是纸糊的，
　　闪眼睛的湖海没有歌能引我去投奔，
人的生命是星子一闪中的丝动，顿时的毁灭。

　　让情人们同其余的人嫉妒我的运命，
　　美的是诗的惦念，她的惦念伴着我进入无穷。

柒拾玖

等黄土和几阵叹息盖在我们身上的时候，
　　枯的红叶无意识的在我们的坟头飘旋，
　　我们只听见远远的人声，寂寞的近鸟，
梦着无穷尽的黄昏的梦，黄昏礼拜寺的钟声；

那时候我的诗歌骑在风上带着我们远去，
　　留下我们的回忆去喂未来的情人，
　　当痴人孤独，或彼此远念时，能想起，
往年有一对情人在地球上那样恋爱过：

他们会彼此在静的湖畔述说我对你的恩情，
　　他们许会忽然静了在你我的心灵上加黄昏的泪，

那夜上他们会懂得我那样的爱你，惦念你，
真像远远的天紧抱着海，海永远亲着大地。

当我们死去被遗忘在坟墓里的时候，
我的诗歌会骑在风上带着我们远去。

捌拾

当我躺着死下去的时候，
太多的眼泪是无用的，粗俗一点；
我是去给你我预备一所小的茅屋，
在那里可以过无始终的星夜和恋爱。

当我躺着死下去的时候，
只要你一个人在我微暗的屋子里；
我要末次看着你可爱的脸，
意思是说：我顶爱的是你，我难受，

当我躺着死下去的时候，
去，站在窗前，看我的灵魂飞去，
飞过森林，河流，黄昏下的村庄；
摆着手。这是开始了长途的离别。

此后我的知觉随着灵魂走了，
别流太多的眼泪，我在那里等你呢！

五十五首诗

私人藏版，1944 年出版。32 开，59 页。扉页题：给荫

问　答

海浪叩问着弯曲的岛屿，

灯笼向山谷的星宿探问。

万年的愚蠢，万年的推算。

哪有摆测字，问卜的摊儿；

去泰山顶皇庙求个签？

在有豺狼躲过的石洞里，

有鹰翅膀的古峰间，我问：

“为什么？”回声说：“为什么？”

这是阵寒美的嘲笑声调。

我哭了，哭的是古峰石洞！

行苦路

苦走着

在无路无渡的天下，

苦走着在黄昏的泪中。

不是忧伤，懊丧，

这不是我的运命。

山走了路，海找不到自己，

岛像星一般消灭；

我只是苦走着：

跟着龙头杖

一步，一步的苦走着。

夜半太湖

——寄无忌兄

别了，夜半太湖！
看半个橘色烂月
为你有银水飘的叹息。
这是魂灵上伤心的一下惊讶。
太湖的夜鸟，为我照顾我们的母亲。
我去流浪
带了夜半太湖痴的灵魂，
等我回来，
等我回来再哭我的故乡。

桃花三日

害羞的半红色
在风里摇荡几下久眠过
惊醒了的冬心。
今天为谁带孝，
白的点点？
早的忧伤
（其余的树还在黑皮的冬暮里。）
打扫了一间冷屋子
来预悼后来的寂寞的长绿叶。

千古的怨恨

一弯雨后的海风吹上心头来，
浪向海边的蚌肉里管着沙粒。

　　千古的怨恨
　　在肉里磨着，

　　成功的珠子
　　是诗心的痛。

这是大屠杀后半夜人的哭声，
在孤塔里插在公主的头饰上！

成了回忆

“再见，明天见！”
一天会成了
一种语气在回忆里说的。
说着，晚晚的，
一个失去了的声音（不久）
永远不响了。
（如果我拿天马来比量生命。）
我打着寒噤
运命一天剪断了线；
我的也许是你的声音

成了回忆。
在回忆里成了一种语气说：
“再见，明天见！”

“绿眼的嫉妒”

每阵风里有战船的火箭，
拨弹着黑蛛网上的银珠。

粗手粗脚像粗熊的嫉妒，
那里都是叠仓库的沙土。

一霎眼成就一部凶杀史，
秋收的糠流在桃花溪上。

白银风沙蒸出来的落日，
腥的鲤鱼鳞痒在手心里。

在黄昏

黄昏，如同有亲人死了。
究竟是流浪人的魂怀回忆病：
绝代的痴人，为别的岁月，
别的朝代，留下火烧的心
在另一个黄昏，给另一个痴人。
流浪人的黄昏，白白的冷下去，
白白滴着泪。回忆着

在黄昏，如同有亲人死了。

江雨中

听见的是船的辘轳声
近岸有渔船的火，鬼灯笼，
在江水声中
十一月的夜雨下
在甲板上走——
在异域人的船上
走末一里祖国的水路。
扬子江的夜雨中
在夜底甲板上
放逐人走着，来回的走着；
惦念着在雨中哭
看不见的故国的水村。

黄河涯

块块黄土，
一弯黄河的流水，
大禹庙，
蛋壳般的船：
岸上在小铺子前唱着
“黄河涯”的歌者，
陪伴着黄河的灵魂。
块块黄土，

一弯黄河的流水
给中原生命和死亡。
歌者拨着三弦，
唱着黄河的灵魂。

夜渡汉水

我不知道怎样渡过汉水。
那边是黑，这边是黑；
只有点点浮上来的星片：
船后拖着几缕新月的银线。
送别的是朋友，
撇下的是不能再见的日子；
过去的是黑，
黑也在前面。
怎样渡过汉水，
我只记得几缕银线，几片星。

悲多芬：第九交响乐

疼在磨坊里转动起来，
疼的行列伸张着军旗过着；
在灰色的深处打捞沉溺了的心灵，
用多肌肉的臂膀撒银网在海里。

悲哀做了太子的保姆！
隐隐约约我听见喜悦底诞生。

早晨鱼翅贴在沙土上，
黄昏时成了遨游四海的桨。

悲多芬，悲多芬，究竟是
悲哀之子，地之声，生底叹息！
我仍然听见生底怪兽在晨海里
抢着挣扎着在你的银网中。

出太阳下雨的德国森林中
有鸟向莱茵河的古堡抽筋般的飞，
对照着半夜剧场归途的心境——
一步一步捡着死的灵魂回去。

湖畔月下少年成队的跳舞会也欺骗不了眼泪，
还是忘不了在暮色中礼拜寺的牧灵魂的钟声。

风沙下的昭君墓

西北的昭君墓里，
风沙，骆驼的响铃声中，
埋的不知是你，
还是痴人的梦。
一个土堆，
长不成草，爬墓前墓后的小径。
土人拿来喝的泥水
只徒然增加自己没救的痴心。
在西北的夕阳中，

不是来吊昭君：
来多埋一次少年人的心，
西北的寂寞。

长安夜

在盛唐时
去走一趟长安的夜街市！
埠头小酒家的卖酒幌子招摇着
走遍江湖，重赴关山的夜游魂。
车马载的是中国的幸运儿，
凤凰飞来装饰丫鬟的头；
中原千年梦的典型。
香的是陕西盛唐时的长安夜！
这是永远诗底疼，不能
趁着红灯，月亮跟着，
看长安的妓女扶着笑
回家烂醉豪唱的诗人。

蚌壳上的一幅图画

人物在匠心的手里
中止了在一片银壳上：
永远是送别的少妇，
永远在芦荻秋的篷船旁，
书童永远夹着在套里的琴，
友人在另一只船上等着。

什么时候草水涨起来，
桨橹动摇，
醉了由送别而重逢？
僵在银壳上
几个生命，几个有飞韵的，
永远的“暂时”着了在客厅里。

红楼梦

徒然徒然！
大观园里的鹦鹉
学会了人话，
能背了黛玉的诗；
大理石的屏风上
早已刻勒了
败亡的
没人会念的字迹。
徒然徒然！
大观园的
清流泻着
桂花香，
竹翠，
今朝成了
博物院的标本
钉在中国人的心上。
徒然徒然！
蘅芜院，怡红院，

潇湘馆的听雨声，
也只是为
和尚庙，尼姑庵，
孤儿，寡妇，墓坟，
积下了
几小盅及时酒的债。
徒然徒然！
我们同荣国府人的心
一齐跳着，
正像我们的叹息
一样仿佛西风
吹凉了大观园
白白的费了
在造物者的书案上。

海

青山后海的鲜味
是灭亡的蜂尾线，
美得诱惑人死底颤抖；
雕刻出白航，心灵底僵，
在孤独的深碧色上。

我伸手向海求情，
抱得不够的饥饿；
海的秘密溅我的脸，
从海上带回的是宇宙间

更冷，更荒凉的寂寞。

MOTO PERPETUO

　我长过树叶，开过花，
现在我枯干了：
　风在身上吹过，
看我无意味的摇动。

　冬已经白了头发，
早晨已是黄昏；
　苍白的银落日，
看我无意味的摇动。

云冈石大佛

站在石佛的嘴唇旁边，——
有什么秘密告诉我?

难道缄默是智慧，
不动是宇宙的真髓?

在远山野地的烟雨中离开石佛
心灵的荒凉甜蜜得不可言喻。

送济南

济南，走了，留下

天津，茶的寂寞。

到处有流向家乡的风帆，
到处是家，可以休息疲劳的心。

打碎了的红的珊瑚嘴唇，
也只有海底的冷和咸味。

悲观的快乐人把田地耕在茶杯里，
耕在夜深天津的街头。

忙碌的闲空人，积了许多功德，
在紫色的路上，神龛的香炉里。

今朝秋收的是星星里藏的惆怅，
风是镰刀，像新月一样收着回忆。

我的心意跟着你，进入中国的
图画，灵景，中国的愁。

济南，走了，留下
天津，茶的寂寞。

在翅膀上的心愿

安逸着像一座多胜景的山，
聪明得像它的古庙一般；

让我去寻找最寂寞的所在——
多阳光，多暮雨的庙的一角
（松柏是古书，古风吹着）
能终日守着白杨的秋；
远的湖山，落叶般的飞鸟，
下雪时深山的静……

河南坠子

好像有人在哭，
在哭，在哭什么？
哪一朝的怨恨
挣扎着汉人的心；
什么儿女恩情的罪恶；
远远的眷念；舍不得的心事——
说不出口来，传给江山听。
在茶肆，在冷落的胡同里
好像有人在哭，
在哭，在哭什么？

弥陀佛

在铜的声味里，装饰着自己；
把铁的鼻圈套在脖子上，沉入寒冬的海底：
羞辱是狂风沙土，散入贫民的家。
　　弥陀佛在庙里宽容的笑着，
　　银声笑过山林，村落：万年的笑。

像上帝一般掌着人们生死的天平
只是夜半蜡烛的一跳，咒诅佩在胸前；
一旦是野狗的粮食，润田的肥料。
　　弥陀佛在庙里宽容的笑着，
　　银声笑过山林，村落：万年的笑。

在天地间学着蛇用肚子爬着觅食，
流出来的汗，织成了几张珠帘，
并遮不住天时的冷，末口喝的还是风。
　　弥陀佛在庙里宽容的笑着，
　　银声笑过山林，村落；万年的笑。

打着更，烦恼着自己的心，望着月的楼阁，
点灯探险去寻找永久捉摸不住的幽灵；
结果还是在自己的一声叹息里消灭。
　　弥陀佛在庙里宽容的笑着，
　　银声笑过山林，村落：万年的笑。

把心灵摊平了去裹另一个心灵去避风雨，
吸去的是生命的奶，咬的是豺狼的牙：
门将要在冷的身上关，封上不醒的符。
　　弥陀佛在庙里宽容的笑着，
　　银声笑过山林，村落：万年的笑。

当冷的肢体躺在冷的坟墓里，
旧时愁的，恨的把自己烧成了灰烬；
新鲜的声音，语调来替换旧的。

弥陀佛在庙里宽容的笑着，
银声笑过山林，村落：万年的笑。

丁丑年雨中登珞珈山

雨中上珞珈山
白的雨水落在僵黄的土上
（重沉的心灵，重沉的心灵。）
在东湖上的天，不下雨，好吧！

这是什么的前夜？
雨天哭我的心。

带走一草，一土，一片带字的瓦！
湖，山，石，树，我来抚慰你们的痛。

收着珞珈山的眼泪，
让我把它们镶在中国的天边。
（重沉的心灵，重沉的心灵。）
几时下雨，我再来拜你。

“维也娜森林故事”

乐师，再演奏一次“维也娜森林故事”
　　维也娜的珠子，抓住了晨林中的幽灵
　　管在乐谱里，来喜悦异域人的心。

在中国咖啡馆里，“维也娜森林故事”
　　振起翅膀来，散着森林的声音，
　　黄昏和静时，讲着无穷的故事。

去躲秋雨，要了茶，去听“森林故事”，
　　不，不是乐谱的甜蜜，我知道了——
　　是你；不然森林故事是焦炭的丛林。

月照故宫

月亮把紫禁城放在深的海底上
　　秋所剩下来的
　　砖缝里的枯草
　在大理石的桥畔流着
活的玉草飘摇着故宫的怨恨

北京城宽容着月光海葬了禁宫
　　安安静静的
　　故宫在月下飘着
　听，小小的脚步声在走廊上
让紫禁城同它的幽灵在海里活着

朱墙和小轩的拐弯角上
　　锦绣的裙边
　　锦绣的袖子
　当月亮把紫禁城放在深的海底上
静静地，别打扰故世的人

宫殿里忙碌着，赔还着恩情
　　今晚故宫
　　在海底上飘着
　紫禁城仿佛在银蓝中活着
玩赏着月下静的往事

北国夜半

在北国夜半
听的是江南的雨声
——雨中的绿的村落，
篱笆，雨下在河道上，
圆的桥洞，
稻雨的香从雨丝上吹来。
江南的雨陪着江南的泪——
江南的雨水下着，
在北国听，
听在夜半。

燕子矶

> 燕子矶距南京数十里，临江，
> 有绝涯，在此投江自杀者，时
> 有所闻，是日船过，咏之。

牧着寂寞人，
也照顾过路的江鸥；

蓬头散发的，
看着一弯急流的江水！

燕子矶寂寥万分——
绝望人的水坟，

黄昏时在江边，
秋凉着寂寞。

夜之声

今夜，走向桥头，
在夜亮的空气中，
我听见我故乡河水的土音。
听着这阵夜里的声音，
留在异乡的桥头
舍不得走：
故乡的河水击打着我今夜的心头。
我抬头，
在群星间，
射回去我的心箭，
射向今夜故乡的江山。

寂寞在兆丰公园

薄暮时
忽然寂寞起来——

弟弟病着；
在花园的远处，池沼畔
伴着秋天的黄云。
寂寞得没有地方好去。
好几年前，
把不可救药的寂寞给
兆丰公园，
今年又想起。

这是什么一会儿事呢？

这是什么一会儿事呢？
既有亲人的顾息，
那里还有他人的磨难。
在雨里淋着心里难受，
躲着去掉了几滴泪。
再得到安慰，
母亲热烘烘的胸脯，——
又是荒原，和山顶的寂静。
最后，永恒的缄默。
这是什么一会儿事呢？

黄昏，寂寞，我

黄昏，寂寞，我。
我摇着寂寞的橹，
摇到黄昏的深处。

那里有永亙的黄昏，
永亙的寂寞，
那里就是我灵魂的故乡。
在黄昏的故乡
我寂寞的住着。

一串香珠

我把我的岁月
串成了一串香珠，
念一黄昏吧！
在这十里的长亭下。

我把这串送给你，
等你走上前面的长亭，
也数一数，也看一看黄昏；
当我走得远了。

我相信，我死后

当我死了
把我火葬，
拿我的灰趁大风走过山顶时
请它方便捎了！
当暴风大雨，闪，求爱于大地时
也求爱于我，
春天带来香味和鸟的飞翔时

也带来了我。
冬天的冷静伴着我长期的默祷，
凉风吹着红叶，同时吹散我的头发，
玫瑰花长在我身上，也有葡萄。
当风吹的时候，吹我，我成了一个旅客。
水来化我，等我一干，我是一片云：
最后：我成了一阵声音，
一笔颜色，一只字眼在书里。
我成了大自然
又同我的母亲在一起了。

西洋镜

野外有人在叫卖
西洋镜——看！
“春，赤裸裸的仰卧在山岗上！”

卖西洋镜的一年一趟。
走了，拐过山嘴去。
满街留下啼哭的孩子。

千万滴雨水

今夜的雨水，
年年的春天，秋天的雨声，
多熟悉！
仿佛往年听过似的。

哦，千万滴雨水在叫你的名字！

听　雨

到山中来听雨，
听它诉说我的回忆；
还有庙里的钟声挟着雨，
使得雨更好听。

躺在被窝里
听着山上下雨，
心里只有这点希冀：
山雨不要停止，我求你！

烟台小住

同灰色的街道流到海岸去
散步一弯灰红的海港；——
军船上一串一串的电灯，
黑岩石上的古松树伸着手
招回千万支商船的桅杆，
和一丛海城的烟炊
来祭黄昏时所有的想念——
像玉雕刻的别墅——
在等着谁回来？

船回来了，

没有带回来过甜夜的怀念。
我和灰红的海城
徒然的在黄昏中死去。

大沽口

七天海上的归还
今夜还了愿。
圣诞节在香港
新年在海底碧花上
今夜在大沽的冰中。
塘沽是一窝星在灰丝绒的天边——
那边一转
要到一个地方，一颗心里去
过美好的旧历年。

北戴河海滩

浪是土绿色的，天上横着土绿的云；
海的湿风，像个粗而忠实的
情人的接吻，从远方归来。

同海一起寂寞着
在浪声中，我听见
战争的声音，人类忧愁的回忆。

聪明的海，那么多可以说的，

那么多可以想的，在寥落的海滩；
海，一切忧伤的安慰者。

杭　州

哦，那老远，老远，在杭州过的日子！
小的石街，块块磨光的石头铺在心头。
西湖，一颗珠子镶在城墙底圆戒上
（她已经配许给我了）
我的心乘着阵阵的南风
去她座座的古庙进香，
去烤我的手在旧回忆底火上，
——我看见我母亲坐在轿子里，
　　父亲拿着手杖走。
哦，那老远，老远，在杭州过的日子！

天　鹅

前半世像在溪流上
一对纯白的天鹅
游进紫绿的树荫——
不能再留一会儿吗？
一声也不响的
像一对天鹅走了。

留了一刹那：
在某小城楼窗上早晨看乌鸦飞，

第一个上海的冬天的煤味上，
横滨桥旁的圆滑石上，
寂寞大工厂礼拜天下午，
在湖畔的路灯的小恐怖，
在病床上想着谁。

前半世像在溪流上
一对纯白的天鹅
游进紫绿的树荫——
不能再留一会儿吗？
一声也不响的
像一对天鹅走了。

回来吧！
你孤独时我陪你，
你哭时，给你拭眼泪；
缩短你在路上等候的时间，
拿喜悦来换你的忧伤，给你开门；
我给你穷时候买不起的书，
还你同你在扬子江看暮流的母亲，
也用不着舍不得母亲远离，
我一定给你快乐的时辰，省得你难受。

前半世像在溪流上
一对纯白的天鹅
游进紫绿的树荫——
不能再留一会儿吗？

一声也不响的
像一对天鹅走了。

算一算

我伸出我手来
算一算：
几阵雨，几阵狂风，
几夜不睡的夜，几点泪，

几次我赤身露体，
找不到人，几次……
只能对着海
让它狂叫我的名字。

走马灯

化两毛钱，
点上蜡，
走马灯就转动，
骑着马直冲。

一阵夜风，
蜡吹灭，
骑马的震住了，
全宇宙大笑。

英雄传续集

英雄死了
坟上撒满了花。

英雄死了
美人在上掉点泪。

英雄死了
枯叶飘上坟头。

英雄死了
野狗把英雄拖出。

英雄死了
今朝变成狗粪。

神　迹

无穷尽的痛苦，
不可测量的懊丧；
回忆起来，再也不想活，
把自己烧成气也悔不过多少。

“时间”用了钟针，一会儿，
一丝一丝的割断了根根；

犁在去年的田里翻一下——
“今儿个太阳真好，咱们逛北海去!”

赶集真有劲

不到二十岁
心灵已经溃烂了。
魔鬼，你赶集真有劲!
他已经没有火和少年的眼睛。

他那副脸，
不是刑场的，坟场上的?
魔鬼，你赶集真有劲!
天还未亮，就打家走啦。

星夜风景

你看什么?
——那点儿亮。

在哪儿?
——在那儿。

眼睛里?
——眼睛里面。

怎么啦?

——可爱得叫人疯。

干吗？
——给我。

那是我的灵魂在发亮。
——我要。

干吗亲我？
——我要你的灵魂。

卧佛寺附近

山上泉水贮留的
小潭里
我洗澡——
凉，大自然的智慧，
洗完了，
就躺在树荫织成的
网下，岩石上；
太阳各样的接吻
用树荫织在我的身上，
远的，素的蓝天——
大自然把一切的
财产都承继给我了。

买破烂儿的

买破烂儿的，买破烂儿的！
一双苦历灵界山川的破鞋。
一片撕得粉碎的山麓生活。
三两个破缺的愿。一张地图
像野蜂的废窝。几点红的颜色
在小丑的脸上。顶过天的头，
提过地的手。扁担曾背过
南北两极，生和死底两段根。
一步是一万八千里的早熟的心，
腊月的味道。没有掉过的眼泪，
没有亲过的嘴。一千条懊丧底海船……
买破烂儿的，要不要？

撂那儿吧！唉哟，我已经挑了
人们成千成万个老玩意儿——还得走着，吆唤着。

蛆底哈哈歌

我吃人，能思想，有天才的万物之灵。哈哈！
我吃美，吃青春的明媚。哈哈！
我吃到人类的历史的字眼里去，
　　我吃做历史的人的四肢。哈哈！
我吃管辖百万人的领袖的头颅。哈哈！
我是一切活东西的吞灭者，

死是我的主人。哈哈！
我告诉您一个秘密：（哈哈！）
“您活的时候我已经在您里面啦！”哈哈！

新　月

你又在树梢
向我挤眼。
你真行！
又不过给我上个当，
——什么秘密玩意儿！
趁早下来，
咱们上公墓里去散散步，
那才是正经！

一块土

好几年前
回到故乡
捡了一块土，
用手绢包了回来。
几度搬迁
把那块土丢了；
但是它的魂却来压在我心头：
它越来越重，
喊声越来越哀，
它的味道越抵挡不了。

我日夜不得安宁，
为了那块土。

十四行诗

从美丽的宝石中，产生夕阳的花园里，
神，从山上，海底鲸鱼的摇篮里，
从潜意识的破烂店里，
从处女底护城河畔，来吧！

看不见的颜色，摸不着的实体，
幻想底雁程，静穆底行列：
你支持着心跳的肌肉，
手轻轻的提着拴宇宙的绳。

你在哪里叫了我一声，
给灵粮心雨的无名氏，
没有皇宫，没有茅舍，却没有舍不得羽翼；
染情感的染坊，布舍着爱底腊八粥。

来吧，黄昏下已经预备了星底筵席，
别让我等冷了心，送给“毁灭”。

谁在喊我？

妈妈！
妈妈！

谁在喊我？
白杨树已经黑了，
灯塔转不出过路的船——
当然啦，我的孩子在叫我！
不，他已经死了。

妈妈！
妈妈！

谁在喊我？
（我找了好几个月我的孩子。）
我已经累了，
我的脚迈不开，
我的嗓音叫不响。

妈妈！

是宝贝在喊我吗？
声音这样熟悉，
像是在我心里喊一般。

妈妈！

嗳，宝贝，
我在这里。
你死了后上哪儿去啦？
你上哪儿？

妈妈，我在这儿！
我也不知道在什么地方，
我好像听见海的声音，
云雾走路的声音。
我回来了好几次，
今儿天黑也不知道怎的我就能同你说话。

宝贝，你在想你的妈妈吗？
——想。

我的孩子！

妈妈，你眼圈儿怎么那样黑？
——那是街上的煤灰。

你干吗半夜三更在街上走？
——叫猫回来。

你怎么那天要往窗外跳呢？
——去看看太阳红不红。

那天干吗爸爸把你那杯水抢走？
——那水太凉。

你怎么总叹气？
——我料理家事累的。

掉眼泪呢？
——那是西北风吹的。

噢！

妈妈！你记得那天我们到山上玩儿？
那面是座庙，那面是吃茶的铺子，
那是凉亭，那是下海去的路，妈妈，
那是远远的村庄，有兵在吹号——
妈妈？怎么你回过头去？——
那天你的脸凉极啦！
你的嘴有特别的味儿，
你的眼毛刷着我的脸，痒！

妈妈，我似乎要走了。
妈妈，你再喊我一声。

宝贝！你也再叫我一声。
妈妈！

诗

私人藏版，1944 年出版。32 开，55 页。

埋我的心灵

我得要埋我的心灵了，
不能让他暴露在路旁。
怎么埋呢?

用意念埋他，
哲学，明慧的书一样
纯粹，白羽毛般的意念。

用泪埋他，
像雨水埋溪里的鳟鱼
澄澈，圣者的灵。

用死埋他，
土埋了已死而复活的蔷薇子;
颜色，在风中作幼年的飞动。

我得要埋我的心灵了，
不能让他暴露在路旁，
这样埋吧!

挟在回忆底书里

我的心，你要什么?
一天阴阴的，

一层忧郁底毡子
把春日遮在外面，
把人弄得
魂魄倦累；
把泥封着了思念，
看着万里的灰天，
叹口灰土的气。
把这一天
挟在回忆底书里，
几时拿出来；
也不过徒然
增加生底忧虑。

城　门

一座大的城门，
一块从历史底大回忆
采撷下来的小回忆。
它曾看见过因
眼泪而张大的眼睛；
军旗马匹飞着穿过；
难民像牲口一样爬着……
城楼靠在黑下去的
黄昏天
是一颗印玺
打在民族底头上。
我一看见座城门楼

便想起个缝纫妇坐在街头
一条一条的千万生灵
在它的针眼里穿过，
像穿过针的线
去缝那一件中国历史底
直襟大褂。

傍晚散步

傍晚散步
我的思想
是一条古河
轻便的流着，
沿岸有老得瘸腿的水城，
有颓圮的山头军营，
有求乞的破庙；
身上负着
有戏子般打扮的画舫，
轻快的脚划船，
河船的大的眼睛；
有时挟着浮尸，死鱼，
发绿的烂船片，船夫的破鞋：
可是，今晚我的思想格外
为古今愁着，
太难受了，哭不出来。

在夜里看了你一眼

九江，
我只是在夜里
看了你一眼，
因为船在那时才
泊了你的码头
你这柔顺的
到扬子江边
拿瓷杯来喝水的九江！
你用一股温存的夜晚胸怀，
怎的没日没夜的
打搅我呢，
叫我思念你
像我思念我的故乡！

康伟良：1942

微笑着轻轻的来
微笑着轻轻的走
怕沾上世界的丑
怕踩毁天下的美

轻得像一粒火星
飘在静夜的天空
去寻找可燃烧的

许焚了千万个城

全是枉然，徒然

我发见你爱她真诚，
这有什么可夸扬，
不是蛆虫也这样，
比你爱得更长，更深，更红。
　　唯有这才是千真万确，
　　其余的全是枉然，徒然。

棺材抱着她，
坟墓又紧裹着棺材，
在永恒的黑夜里
搂着人家的情人。
　　唯有这才是千真万确，
　　其余的全是枉然，徒然。

在死里想必爱是稳健，
却开了一个大玩笑；不久
你的土抱着在亲
另一朝代女人的骷髅。
　　唯有这才是千真万确，
　　其余的全是枉然，徒然。

湘水渡

他们要走了，要走了。

我要送他们去，
挟了书，撑着伞，
跑到埠头。
湘水已经蒙上了
白的雨水；
细看，雨水在
刺着湘水的绿心；
湘风刮着桅杆上的绳。
抱着书，抱着伞，抱着桅杆；
渡着雨水的湘水，
去送雨中的朋友。
他们要走了，要走了。

悬赏：寻回忆

你知道我要难受的
为什么你要向我说故乡话？

这里哪有故乡的青色，树，
道路，郊外，像怀念般的船只，
喜鹊飞过重重暮色下的寺院，
母亲说：“我只有你们几个孩子”，
美丽的美丽，母亲的故乡话——

我同时在悬赏着回忆，
也随便把回忆种在陌生人的心头。
大部分许是丢失的回忆，

被一个浪子浪费在异地。

为了我是一个浪子的缘故，
你再说一句故乡话吧；
也许乡音可以救我一次。

岩石，岩石

我的心充满了情绪
有像怀够了孕的夏云的剧痛，
我的心因情绪而塞着我的喘气，
因要爆裂而且夜困苦。

我却流露不出来，
一切都成了岩石，岩石。

天，使我的心纯洁！
水晶般能射出各样的灵景！
见底的清水流；潮水奔；
空气，颜色般渲染全宇宙。

这是我的祷告：
这是求个未有的奇迹。

悲哀人的遗嘱

天亮带来恐怖

惧怕张着在夜里；
白天叹息，
晚上掉眼泪；
春天没有花朵，
没有苹果的秋天：
留下一片荒芜的山谷，
传给你们活的人。

回来啦

眼睛！
伸出来的手！
在眼睛里一阵苦历灵境的光亮，
手，合起来哀求过的；
腮，眼泪所滋润过的；
把整个宇宙搅扰过的心灵。
我在一秒钟的当中
全占有它们。
眼睛从没有这样亮过，
手，腮，心灵，从没有受过这样的欢迎。
友情的甜蜜（许多都是不认识的人）——
倦乏极了的旅心
进入了故国的港湾。
叫我怎么好呢？
咬着下嘴唇，咽着眼泪。

有人在我心里

有人在我心里
种下了一棵草
一棵忧愁草
在一个早晨

有人在我心里
踩了一个脚印
一个灰色的脚印
在一个早晨

有人在我心里
放了一个铁锚
一个镇船的铁锚
在一个早晨

有人在我心里
掉下了几点泪
我无能的愁了
在一个早晨

多余者

近来我更不懂得我的生活，
忧虑，孤独，彷徨，恐怖着。

我好像是个多余者，
畸零人；
负担着不必需的无聊，劳心。
我一定要躺下来
把我醒的生活梦走——
是，梦中打发走了吧。
可是，我的害怕和希望也在这里：
希望的是美梦，
害怕的是梦魇，
但是梦魇比美梦多得多。
天呀，我日夜没有安慰，平静，
白天，晚上依旧轮流着嘲笑我。

我听见阵阵的哭声

我听见阵阵的哭声——
小孩子哭着，孩子，少年人，
母亲，妻子，抖擞的父亲
我不知道他们为什么哭
阵阵的哭声，我又听见，
早晨，白的下午，星夜
靠着门框的母亲，希望着没生。
我不知道他们为什么哭
又来了阵阵的哭声
我在街上转着转着
左右四方的打探
不知道他们为什么要哭。

他还得要死

人是生下来叫人打的：
他们还他衣服和鞋，
给他一个名字。
　　他还得要死。

人是生下来叫人打的：
他不知道他只知道痛，
他也不会说话。
　　他还得要死。

人是生下来叫人打的：
他学会了把心放进鞋里去，
把手指塞住耳朵。
　　他还得要死。

脚　印

我留下一个脚印
在许多脚印上
我发现有几个新鲜的脚印
脚印旁生着花

我留下一个脚印
在许多脚印上

我带来了我的黑泥
来滋润那脚印旁的几朵花。

无　题

不论是喜鹊，乌鸦，
预报的是什么?
早晨只是白的恐怖骑着阳光迈步。

中午放在十二点钟
惧怕趁着脚步声，
锅碗声，布置一桌菜的筵席。

当黄昏点烧了西窗
恐怖像影阴
拖长了尾巴，打着没落下的尘土。

月像具海里的浮尸
飘在夜风里
透进我每个毛管，海的冷水。

日夜在战栗中，
像只活拔了毛的鸡
向着黄昏的森林窜去。

生命便宜

生命便宜，

美丽贵；
那里有崇高底估衣街，
买匹美丽，过个寒冬？

生命便宜，
美丽贵；
活到落齿驼背，
只让美丽掠过一傍晚。

生命便宜，
美丽贵；
撇下生命
我到处涉水越岭的找美。

有出卖眼泪的吗？

你不知道，
有一天
你要眼泪，
眼泪却没有！
你求着像求个神迹。
一滴眼泪，
一滴眼泪，来挂在眼角，
来凉凉我的心田。
有出卖眼泪的吗？
一宇宙的生命，
换一滴眼泪。

那知道有一天
眼泪是需要央求的，
求着还是没有。

无美无艳的春天

没有平静，
没有平静，
这个无美无艳的春天。
树林是发狂的野人，
踢起土来，
拔着自己的头发。
土在追赶着星，
把太阳吓得银白，
屋角在呻吟着世界的老病。
天津城
独自很严重的在玩，
撒了自己一头的土。
说着带土的话，
念着带土的书本。
就说是已经埋在土里
还不得静。
这个无美无艳的春天。

他们留下我

蒙蒙亮的时候，

我醒来，
我发现我已经死了，
埋在黎明的寂静中。
这是我生活
第一次的孤独。
他们留下我
在孤独的黎明醒来
没有人来陪着
我的孤独？
我死了。

告别了

我累了，我疲乏了，
去躺在床上
睡一觉；
不，又是梦魇，
又得再醒来：
不如
栽两株白杨，
围一圈松柏，
掘一张七尺狭床在地上；
在黑暗里
永久断绝了早晨的醒，
长夜的梦魇。告别了，
心痛，挂虑，惦念，忧伤……
我就因它们而

累了，我疲乏了。

过路客

——寄葆宇

头发里有树叶，
身上有海草，脸上有雨，
眼睛里充满了梦——
“过路客，你上哪儿去?”
“不知道，我在寻找呢。”

头发上有雪
身上有路上的土，脸上有泪，
嘴唇旁躲藏着微笑——
“过路客，你上哪儿去?”
“你不看见，山谷那面的城!”

头发上插着野花，
身上青草的味道，脸上有池水，
手轻轻的倚着手杖——
“过路客，你上哪儿去?”
“不知道，可是快到了。”

一阵春风

来，让我们忧伤吧!

趁我们还有气的日子。
太阳没有下山前，
山前会多添一座野冢。

万物的根长在土里，
土始终勒索着要我们归土。
早晚要去躺进它的胸怀，
千万代的人混在土里。

这一点土是庄周，
那是秦始皇，那是昭君，
这是无名的乞丐，圣者，
一阵春风，扬了满天的历史。

来，让我们忧伤吧！
趁我们还有气的日子。
太阳没有下山前，
山前会多添一座野冢。

傍晚的第一颗星

春风，你又来啦？
我哪里得罪过你，
你叫我想起
我已经落魄得无可奈何。
只是一阵风吹荡着
傍晚的第一颗星：

这不只要我难受一黄昏，
还会打搅许多新旧朋友的心。

我怕用一个比喻

荫，我该怎么说才好呢！
我亲眼见过海底成了山顶，
岩石非但烂了，还流动着；
我怕用一个比喻来说，
我怎样爱你。

荫，我该怎么说才好呢！
少年人的盟誓成了闭了眼的灯，
情爱成了谈话的笑柄；
我怕用一个比喻来说，
我怎样爱你。

荫，我该怎么说才好呢！
大自然和人一样的不忠诚，
爱情同我偷偷的躲藏着哭了。
我怕用一个比喻来说，
我怎样爱你。

做个客店

我的心像一朵乌云
　　被西方来的暴风吹赶，

我的心像个少年的
　　情人低声的哭着。

忧愁的心，我的心，
　　我无从来照顾你：
可是我不会离开你的
　　我的肉体累赘你？

你是想家吗，我的心？
　　借我的肉体做个客店，
可是我不会离开你的，
　　我只能尽我主人的本份。

忧愁的心，我的心，
　　我无从来照顾你，
我的心像个少年的
　　情人低声的哭着。

恋　爱

恋爱是一阵汹涌上心的热。
摇篮是在眼里，
它的猎狩场是嘴唇的角，
它滋养在微笑中，
活在你我的气间，
喜欢漫步在早曦，
傍晚的颜色里，

深夜的密林露水下。

恋爱死了。
摇篮是无边际的海，
打围场是每个至小的言语，
举动，它靠着嫉妒仇恨而活，
打了一个半空的致死的筋斗
就死得无形无踪；
许在诗人的假痛苦的词句中
踢了一脚。

写给未生前的陶陶

从神秘里来的神秘
我们在等候着你第一次的微笑。
那阵笑将来要
减轻每个重担。
来，小商人，
带来无名的运命，
来享受我们火炉的温暖。
有时雨太大，
你不在乎吧？
同我们走着世程
你会寂寞的在众人当中，
但是在黑夜里有手紧握你。
来吧，小的，
路在眼前，

花般开的山冈，
等着我们呢！

“忧愁屋”

给我满天的乌云，
一片灰色的湖面，
站在哀恸人的中间；
轻轻的
摇着回忆底枯树。
天天收着它的子
去移种
这回忆底种子，
用眼泪溉灌。
长大了
好为我搭一间
“忧愁屋”
让我过余剩的岁月；
看着满天的乌云，
一片灰色的湖面，
点数阵阵带雨味的风。

春雨黄昏的街道

一条春雨黄昏的街道，
两颗充满了剧场悲剧的心。

我们听见一阵小小的声音说：
“生活会无聊到这样没有意思！”

我搀她跳过一片小水塘，
彼此紧握了一下手，只有这一阵温暖。

一条春雨黄昏的街道，
两个充满了剧场悲剧的心。

处处灵魂的故乡

名字，名字，
处处灵魂的故乡：
不管是江，湖，小村，关，鸟，宝石……
甚至于人的名字，
认识的，梦见的，
或者耳闻，念过的。
“不醉毋归小酒家”醉在旅程上，
天天同垂柳哭着的“莫愁湖”，
古老的家，荣耀的人们，
名字充满了民谣，故事
长得像江，香得像回忆中的春，
苏州，萧山，松花江，鹦鹉，
峨嵋，函谷关，岱宗，潇湘，
长安，扬子江，杏花村，太湖，
阳关，雁……
回忆伴着古人的回忆

留恋，回响着半忘，老远的回忆；
我的心飞；脚累了；
坐下，在黄昏亲着温暖的回忆。

南国怀荫

香港从没有
感觉过更忧切的心，
更沉重的步声；
着急的心，
没有一盏灯在它黑的山坡上
烧的更亮。
“有船吗？有船，北洋班？”
夜里气塞得受不了啦！
上渡轮到九龙去，
渡来渡去在半夜。
我只要一只船
载我回去。——
这里的海水
许连着北国的海岸！
让我亲它一下。

春夜下雨了

听，什么都竖起了耳朵，
听着，听着，
春夜下雨了。

每一滴雨
像魔法师的一点，
在回忆底丹炉里
跳出
要酸心
挤泪的往事。
下着吧，下着吧！
过往的事
已经被回忆美化；
而且今夜
不知怎的
就是眼前
湿鞋的声音，
也成了美化的回忆。

春夜雨下得格外的静。

泉　水
——寄宗岱

你有什么
向我要说的，
泉水？
阳光，山岳，葱郁的树林，
在最是动人悦目的时候
你引我来

坐在你旁边，泉水！
有什么愁，有什么恨
有什么怨？
在名胜处游玩
我一听见泉水的声音，
我就停止了，去寻找。
有什么
向我要说的？

我似乎听见
泉水在我心的深处流。

圈在城墙里

我喜欢南京城。
乡下和城市
圈在一座古城里。
我爱的还不仅是
绿草，水田，低的山头，
热闹的夫子庙，小火车，
秦淮河的初晚，
却是有许多关于
母亲，父亲，朋友，
和自己的回忆
牢牢的
圈在半乡半城的城墙里。

痛苦在那里，回忆也在那里。

等着黄昏

我等着黄昏像等着失了的情人；
不单是黄昏的红云的田野，
黄昏的声音，
孤独，温柔，
悲剧的幕落下后的情绪……
是，黄昏进入我的心灵，
黄昏醉，怀黄昏病的人，
（我成了黄昏，黄昏成了我。）
我飘荡在黄昏底海里。
黄昏的吻是秋味的。
我心所期望的国域来了，
很远来的国域——
伴着西山寂寞的落日。

上海濛濛细雨

你记得下濛濛细雨的天？

我记得有一天
在上海，
上海濛濛细雨的黄昏。
满窗雾气
霞飞路小俄人的

咖啡馆，
有弯曲，洋榆的马路，
引到濛濛细雨
电影院湿的门口，在正月，
暖和的身子，潮湿的鞋和地——
今黄昏
在心里那阵
上海的濛濛细雨下着，下着。

寂寞吗？

——寄阿姊槑君

你问我：星期日
下午三点钟寂寞吗？

我说：一方黄玻璃纸贴在
西墙，蓝破布带子
刺在铁丝网上颤抖着，
一脸无情感的天，我躺在床上。

翻一翻法帖

这样线条，这种小径！
它们遨游灵府底美景。
这是灵魂的
纯美

从笔尖上逃跑了出来，
带来了游牧，漂泊的美艳；
有骨有肉的，
从隐藏了的幽径里出现。
幽灵在天程着晚霞；
苦行的礼拜；
金龙在舞着天地之间；
一曲歌，用黑色对唱着金，银，紫，黄……
它们来熔化亲属的灵魂在丹炉里。
苍穹和人间世的姿色……
拿什么比，拿什么比，
它们那游牧，漂泊的美艳！

暮　雨

我有一朵花
长在我回忆底草原上——
一座庙的楼阁的一角，
密林中的一弯黄江水，

百来支桅杆，一个水埠，
一阵暮夏的暮雨。——
我有一朵花，
长在我回忆底草原上。

香山夜雨

山间千万斤重的骤雨，

半山庙中打着钟，
孤店的藤椅，
西山苦鸣的天：
这些东西创造出来
只是为了使我今夜
在香云旅社忧郁。

为什么呢？

寂寞的路我走过，
飘过寥落的海，
过了半世冷静的生活：
就是眼泪也不能
给我一个答案在香山。

北海五龙亭

琼岛
像蹲着的
一条大黑龙，
浪是黑的，
风紧，
（白布单拍拍的响）
水带着响的接吻亲在石块上，
半夜十一点半；
（伙计直打呵欠
顾不得水的

害怕）
天是一片大黑浪，
在五龙亭。
那五条龙
紧盘在我的心上
向我
诉愁
有一天晚上。

泰山顶听雨
——寄鸿昭

一路美的风景，
叫我疲乏了在薄暮；
那时找个空儿
来想想才好，
在泰山顶上。
“明儿早三点叫
你们
看东海日出！”

朦胧中
听见大雨声
打在房顶上，
老远有人喊：
“天下雨

不能看日出啦!”

正好，
躺在被窝里
听泰山顶下大雨
想一路上山的美的风景。

太阳还是不出的好，
不然；
那里有这一点
叫人隐隐痛的回忆。

好个小伙计

——给仲鸿，浩，小平，罗平，慎铭

这个深悠
地根般结实的忧郁，
是什么?
说是早死的风雨标记?
一生下来
就死下去，我。
你不知道?
(窗外阵阵喜鹊叫)
一年一年的死下去
死到现在。
拿煞亮的金子

你用斗量给我的是什么？
够了，够了，
加一勺，加一勺，
好个面铺的小伙计！
掌柜的不愿意，
卖主又嫌重，嫌累，嫌不好。
一勺一勺的加，加，加……
扛得满身大汗，
自己也用不着这些玩意儿；
反正路是伸进
黑森林里去的。

扛到里面
等不到喝口什么的功夫，
就倒了。
森林的叶缝儿里
也跳着
夕阳或
晨曦的
光——
给化子的一分钱：
还是冥钞，冥钞。
不用说什么，
说什么？
闷在肚子里
等到人静，
等到没人在周围的时候，

来一个 Hamlet 的独白，
自己张张胆，
自己张张胆；
再扛一会
小伙计恶意的善良。
腿酸，
腰弯，
来个瑰丽的大死；
说是不可能的。
来，来，
同地球在一声口哨儿间
一同化成气消灭。
也没人在乎。

好一阵凉快！

诗二集

私人藏版，1945 年出版。32 开，54 页。扉页题：给荫

莫愁湖

莫愁女，
莫愁女，
我带了异乡的愁
想埋到你莫愁湖底。
体贴人情的莫愁魂
在莫愁湖里，
果正你接受了我？
看一场莫愁湖的暮雨，
又听了几声鸽子叫……
我不愁了，
你放心吧，
如果我再愁起来，
也不再来了。

吴淞海面

我第一次看见海，
是在你的岸上
平静的
早晨的海，
充满了童年的喜悦。

今年我又来，
看过了好几个不同地点的海；

想寻找一下
二十年前的吴淞海面。

哦，你这样的生气着
击着岸，
用尾巴打我的脸，
最后又用你的海沫
来替代我的眼泪！

在军营里的落旗号中
我低着头回来，
再没有脸见海了。

松　江

幼年时过了几个夏天。
一座庙，
庙前几株大树——
树下有零食摊儿——
树下流着
一条溪流。
就是这一点子回忆
你还是牢牢的
拴在我的心头。
失去了
童年时的松江！

趵突泉

趁着雨
走到趵突泉去。
从济南女子的
嗓子里
唱出曲曲折折的
男女故事。
栏杆外
一阵凄凉
落在那三支泉水上；
说不出来的，
替别人难受了一黄昏。
今年晒衣服
衣服上
还留着济南
趵突泉的雨迹。

中南海写生回来

病刚好，
又一傍晚的写生；
带回瀛台，
北京的黄昏颜色，
和因喜悦而落的
眼泪，

来挂在墙上。
——哦，回忆底泪瓶。

北戴河海滨之一夜

今晚的海
怎么那样
不安宁？
愁什么，怨什么，
受了谁的冤屈？
用千万个爪子
向岸上抓
把海水
向我们坐着的岩石上扔？

我们都坐着
默默的为你忧伤，
也为了我们自己。

忆北戴河之夜

北戴河之夜
浓得不敢走路，
怕惊动了什么，
浓的青草和树叶香，
浓的湿露——
慰藉着

从城市来的人。

浓的北戴河之夜底头发里
还佩戴着一束
秦皇岛的夜景。

北戴河之夜
浓浓的
亲在我心上。

忆岳麓山爱晚亭

天晚，
丘冈上的叶子
也红了，
亭子也在这里，
爱晚的人呢？

天色黑极了
还是我一个人。
爱晚的人呢？
万物都是那样的
寂寥。

只有你与我是爱晚的，
爱晚亭！

黄鹤楼

武昌把
黄鹤楼
送到江头。
远看是个永久动人的少女，
来到跟前是
暮年迁就的妓女。
到处听见
古人的咒骂，
我哪里去躲……
去躲在长江的
雨声中。

翠　鸟

我忘不了
那阵
灵境湖面上的战抖——
一只翠鸟
在多树荫的小河上飞
——大自然底一首飞歌
射过河面。
灵境整个儿扰动起来，
为了一只翠鸟。

半刻春

桃花无意的开放
天蓬地根就摇动慌忙
半刻春的温存
千秋的愁恨

桃花无意的风吹零落
天又恢复了它的痛哭
半刻春的温存
千秋的愁恨

桃花无意的有绿叶替代
索着少年时借的债
半刻春的温存
千秋的愁恨

江南城

在雨声中
有人在喊着；
谁在喊，
谁在喊？
一阵雨
一个怀江南的寂寞的思念。
那块下雨的区域——

像是回忆
在江南美地，
在喊我，
在喊我。
此地雨水是多余的，
只丰收我忧伤底庄稼！

一个紫色的闪，
一座雨下的江南城！

一点儿江南的山水

那里裂一个缝儿，
让我看一点儿
江南的山水。
一点儿江南的山水
许能
救我一早晨的咒诅，
一森林的恨根。
就是一阵雨吧！
在这满天灰土的北方，
叫人闷死的土坑——
就是一滴雨吧！
——你听那风！
　　土还灌了我一脖子。

海上月出

踏过湿的沙
去坐在岩石上；
那面是渔船，
穷渔人的石锚，
小的石霸，
别墅小小的灯火，
一弯黑海：
月亮升起来
一朵金黄的牡丹花
凄凉的
开在乌金的海上，
同时也开在
每个爱海人的心头。

看了月出回来
今晚更冷落了。

登　山

薄暮登山
到了山头
满眼是海
满眼是海城
田野，满眼……

胸襟宽大起来——
下山时
却带了一天下的忧愁
哪里
还睡得着觉?
不如不上山去。

秋雨

好几夜的秋雨
都没有好好的听:
今晚在秋静中,
今年第一次
好好的听秋雨下着。

似乎比往年
更浓了一点,
凄惨一点
更可亲。

这是诗里,
词里的雨声——
秋雨一针一针
缝着旧的诗心。

可以年年来
借个躯体愁一点

人家和自己的愁。
今晚放肆了——愁它一夜！

故乡街头黄昏

看了一场戏，
听了一个音乐会，
又逢异乡街头黄昏：
总是这样凝思出神。
怎么办呢？

此刻故乡街头黄昏
也寂寞凄凉着，
有没有游魂在重温；
真事，假的眼泪，假的音？
没人问？“怎么办呢”？

雪与人生

生命同雪
一起降下
圣洁得叫人喘不过气来，
那样静：
中午像
中年人一样；
阳光下的雪，
反射得刺眼，

腻人：
黄昏一刹那的美底战抖；
一抹羽毛，生底留恋；
回头雪成了浓墨浆泥；
人到了老年。
不如不生的好，
白叫人喜欢一场。

春日天阴冷

假的银子，
冷的银子，
死般的冷，抬不起头了。

告诉人，
今春冷得凄凉，
冷得悲惨，没人理会。

去躲在诗里，
藏在叹息中；
诗也冷，叹息也冷，怎么办？

有人打碎，
打碎一个瓶；
瓷冷，手冷，烤手在风前。

假的银子，

冷的银子，

死般的冷，抬不起头了。

最后之一夕

满天绯红的云，

满湖也是，

鸟声满林，

荡船在

美底恐怖中；

一会儿，

天色黑了，

在湖面留下

一个回忆，

鸟声伴着，

永远在

那只船上荡摇。

感觉底丛林

那天送一个朋友出去，

一回头，

就有一个春在我面前。

一鸟笼的回忆，

于是鸣唱起来：

像是一个过去的黄昏重逢，

像是一阵往年的风，

像是一季春，
又逃跑出来，
鬼迷感觉底丛林。
叫我打个寒噤，
出了一身冷汗。
还是有什么舍不得，
又微微的惊讶着。

古董铺

物质胜利了人！
暗黑黑的
走进了
千种庄严，轻佻，
死的物件中——
过去的美底无望的梦；
蒸溜了的生活，
来了带着尘土和死亡的味道。
一切的图画全成了静物；
它们停止了，
生命继续下去
当我们走出了古董铺。
时间，空间多长，多腻。
但是它们的历史和
古董
又多美，多迷人。

Nocturne in E Minor

（Chopin，op. 72）

那夜，萧邦，
你想的是什么？

无穷的温柔，忧郁，
无穷尽流浪的黄昏凄凉。

轻轻微微，
偷偷摸摸的
藏在 Nocturne 里。

今黄昏
伴着流浪人的黄昏凄凉，
我难受极了
想找一个人说说。

阳间来的消息

我的儿子们呢？
——在监狱里。

女儿们？
——把自己卖了。

我的太太？
——嫁了人。

我的房子？
——着火烧了。

事业？
——落在人家手里。

名誉？
——早已扫地。

幸亏我死得早。
——对，不然你更罪大恶极。

头放在木笼里

头放在木笼里
挂在城门口
给大家看。

小时候被人亲过，
睁着大眼在街上张望；
现在头放在木笼里。

有过名利的企望；
拍过胸，称过好汉；

现在挂在城门口。

不管他是老张，老李，老王……
他的头放在木笼里
挂在城门口。

上市啦

树长果实，
我长眼泪：
秋天来了，
树上结满了泪。

我采集了泪，
套车到市集去：
“有买眼泪的吗？上市啦！”
黄昏了，在街上张望。

忧郁期

忧郁期又来了——
精神上是
一团灰色
找不着一丝边缝
无穷尽的岁月
无歌无舞的
旋转着

一颗
带着深秋的行星
仅仅在
空间消耗着
躯壳和灵魂
直到一荧火的
一亮——
忧郁期又来了

一笔债

再到海边去坐一会儿，
就仅仅坐在那里，
看着，看着，看着……
整个海是一滴抖动的眼泪。

心灵已经黄昏了，
怎么没人说：
“到海边去坐一会儿去！”

我有一笔债要还海的，
今朝还不了——
只能把债还在眼里，
在我眼里有一片海。

“谁打门?”

我掏尽海底，

飞遍穹苍，
找不到能
安慰你的，
我的心！
你生在惊骇，
育在惧怕中，
现在是恐慌：
无穷尽的
暴风雨下，
狂澜上——
“谁打门？”

似乎只有
老远
灵景上的牧场上
有牧人的笛声。

展览会寂寞

展览室里
张张画都瞪着眼；
十二点了，
没有一个看的人。
突然
展览会寂寞起来。
郁静在写着诗，
我在读波特莱尔；

全室的灵魂寂寞了，
郁静寂寞，
我寂寞；
静静的
为了过往寂寞，
为了自己寂寞。

孤　魂

夜深
公园里的灯暗
到处是情人
到处热闹
我像是一个孤魂
在大草坪上出现
串到池边的丛林
隐没到树荫深的深处
怕热闹
怕人打扰我的运命——
去躲在夜底微动的幕后——
此地，星是真亮。

Franz Drdla：Souvenir

回忆像
鱼在音乐底湖面上
蹦着。

像用刀
把鱼鳞
倒片下来。

今夜听
Souvenir
铁针在脸上写。

无　题

——寄艾辰

整个旧历年像
泥鳅在荷根里。

我不敢问人，
不敢念你的心念。

春天流香时节
我撷下了一把问题。

谁能捎个信儿？
有人在惦记你！

想必乌鸦可带给你
北京黄昏的回忆。

我的忧郁

我的忧郁是我自己的，
化的是高价：
不要为我叹息，
更不必嘲骂。

我的根润在苦壤，
长的是灰色的花；
你能怪兰花香
长在佳壤，活水里吗？

我的灵魂寂寞极了

我想念海想得倦烦了，
想季候，丢失了的黄昏，
名山大川；倦烦了想念
书本上的红嘴唇，
半夜男人的脚步声。
倦烦了一切。
只想能想想
自己，我的
藏在幽深处的灵魂。
我的灵魂今儿寂寞极了，
已经成了孤儿。
我浪费了精神

去喂大自然底艳色，
和人类冷的习惯。
我回来了，
我已经听见了你的叹息。

一套再一套的

又要躺下了。
这一切
多无聊的勾当！
今夜
把件件脱下：
明晨，把件件穿上，
鞋脏了，刷，
刷了，再脏，再刷，
人死了，再生，
生了再死……给谁消遣？
秋雨来了，再愁；再添一件衣服；
中年了，一次一次重复追念；
想老了，再叫下一代的人想念。
一套再一套的
同样耍狗熊戏……
还是躺下吧，也许不再醒了！

寄金陵仲鸿

一团芙蓉羽毛般的情绪走了。

绿草色的客厅
今朝也退成一瓣黄叶，
因为仲鸿走了。
给每个客人的谈话中
放下一点
今秋的格外的愁。

是，
今年的秋
似乎只有
一句话不断的向我们说：
“仲鸿走了。”

初秋叹息着在每个窗口。

诗人 William Henry Davies

啊，怎么他也死啦！

诗人是死不得的。
今天得知你死的消息
世界从此更寂寞了。

死的消息
迷乱了我们薄暮的散步，
灵魂个个都觉得
新寂寞的不熟悉。

此后灵魂的步伐
更得留神；
我们挨近一点走吧，
因为一个诗人死了。

郁　静

泰山顶，
石缝间的
一朵肉红的小花；
风雨吹掉了
岩石，也吹掉了
（也许也因雕刻）
花的一枝一叶在春日：
俨然仍是一朵，
向天挑战，向云求爱，
泥根连着地之灵，
同泰山
同日荣耀的小花。
——一帧罗丹的雕像！

艾　辰

觅蓝路的水手，
骑马人在荒山中，
都用故事来
喂大了你；

街路的桥，
桥下的水在
挤着新月底奶

——奶与因黄昏
而长的山海的惆怅
成了你的保姆。
打着灯笼
寻觅在雨中凄凉了的友人们。
你近日好?
——一座宫殿在一座荒岛上!

浩

忽然，
浩又枯萎了;
徒然
增加友人的关心——
那夜的小雨
滴了几下
玻璃窗。

忽然，
浩又枯萎了;
地球静得
用脚尖走出去——
天下古老的

哭声
又嚎啕起来。

罗　平

我偷偷的
看见你
掉了一滴泪。

难道黄昏来到
山林，树梢上，
来不了圆月？

波波恐怖的山峰，
明晨一扇碧玉的屏风，
你就可以放出一只白鸽。

我偷偷的
看见你
掉了一滴泪。

今天天真冷，
可却是立春，
以后就是一缕长的香味。

厉仲思

厉仲思为自己盖了

一所蜗牛壳的房子。

厉仲思生的不是时候，
死也找不到适当的。

厉仲思一天到晚想着，
想着，想着，神游他的灵魂。

厉仲思不爱“过去”，“现在”，“将来”，
只爱忧郁的人和叹息的声音。

厉仲思刚强在宽容里，
眼泪在夜色中，愁是归宿。

厉仲思讨厌人也讨厌自己，
只爱人与人用艺术来交通。

厉仲思为自己盖了
一所蜗牛壳的房子。

埋在江山寂寞的地方

赤露露的，我走了，
画是梦，
音乐是沉想，
诗是天堂。

轻轻的飞
在灵界的古森林里，
在未来海岸上的国度里
念一页一页黄昏的智慧。

隐隐的领悟
我将不认得这宇宙之一土；
他星的诗人不拿它打比喻，
我要哭着忘了这母亲。

不回头的
蘸了惋惜写一篇告别，
把我爱的身子还了，
埋在江山寂寞的地方。

红叶和黄叶

春天到了
古老而永远不老的打扰
绿油油的游动起来。
我害怕
今春的来到
像小时候
惧怕
黑夜一般。
因为我一进入
春天

就想起来冬天
仓库里荒凉的贮蓄；
在冬里
倒有希望。
我不能再受
绿油油的打扰了：
世界对我太年青。
在我岁月底山房前
只扫着
红叶和黄叶。
这才合适，
这才合适。
春天到了。
你们送错了信，
那是对门儿的。

星　星

天津乙酉年冬钢琴独奏会终
法兰西老音乐家弹法国国歌

在北国听见异国人弹她
故国的情调——
只有一股气
来塞住嗓子口，
泪包着眼的
负着冬天的

星星
回来；
路上散着
星底希望
同一天的星星
照着两地的
情调。
何苦
在北国替
异国人
忍着泪回家。

诗三集

私人藏版，1945 年出版。32 开，54 页。扉页题：给荫

忧愁是智慧

不用可怜我，
我是要怪你的；
忧愁是智慧，
忧愁是我的力量。
我创造我的忧愁
用上帝一般的辛苦。
我爱我的忧愁
像你爱你的聪明——
许是愚蠢，朋友，恕我——
你将来埋在土里，
我却埋入人们的心头。

白　杨

不要怪我，善良的人们！
我是一株白杨；
每阵小风过去；
我就萧萧起来。

不要怪我，
我是无用的。
我守着孤坟荒冢，
总是我最先告诉你们秋到了。

我唱着人类最甜蜜的歌，
——一声无穷尽的叹息，
这有细雨来伴着我。
不要怪我，善良的人们！

我是陌生人

我是陌生人，
那儿都是道儿，
只有二条是清楚的：
一条到刑场，一条坟地。

我是陌生人，
他们笑我的眼睛，嘴：
我看不惯，
我不会说。

我是陌生人，
还是回头走：
小孩子用石头砍；
大人们用嘴。

我是陌生人，
我迷失了家。
这是什么地方，劳驾？
……还是原道儿回。

那夜我梦见

那夜，我梦见
一头碧驴走在黄金的稻田里；
从此，我只爱我的碧驴，
让你们去爱人们的男儿。

那夜，我梦见
一只凤凰，百鸟挤着飞；
从此，我只爱我的凤凰，
让你们去爱人们的女儿。

圆舞曲

轻轻的愁，
轻轻的恨，
听着熟悉的圆舞曲——

轻轻的翻，
轻轻的偷看，
往年熟悉的温暖——

轻轻的哼，
轻轻的头发，
往年熟悉的香味——

轻轻的愁，

轻轻的恨，

听着熟悉的圆舞曲——

然　后

秦始皇带走了

他的皇宫，

楚的三户

也已经葬在历史的字行里；

在风的回忆里

我也要埋了。

仅仅三两秒钟的飘摇；

然后，

一切都静默了。

我懒得

全世界的忧愁

全压在我心上，

我懒得

动弹，

怕是动弹不了啦；

还是让我

坐在地上

想吧，

白眼也吧，

青眼也吧；
你们等在古渡
走在古道，
头上插着花，
身骑着马……
你们却把
古今的忧愁
全放在我的心上。
走吧！
留下风雨，
留下尘土，
就让我坐在地上
想吧，
想想我的命运。

怎么，走？

风

太阳，你的美呢？
生命，你的愉快呢？
立春已经好久，
今日的风
载满雪意，
载满了黄土。
在人们的脸上，
没有一点可取的地方。

世界的美，
你为什么
把自己隐藏起来？
世界用
异域异时的
忏悔法，
把土撒了一头。
为什么
捶胸忏悔？
风摇着门，窗，说着：
“为了生，为了生！”

北京的春

北京的春
又短又暴戾；
我正想
咒诅你，
你又
瑰美起来，
叫人
喘不过气来。

北京的春，
——恕我，莎士比亚——
你的名字叫做女人。

好在每天有一个黄昏

办不了，怎么办呢?
他们恨我，
叫我恨你，
恨你所爱的人!

我只能爱，
仿佛树
只要太阳，雨水。
办不了，怎么办呢?

好在，每天有一个黄昏;
也许够了，
可以凄凉凄凉
我的心。

中国底故事

中国底故事
用小调
唱在寂寥的胡同里:

盲乐人在深夜叹息;
苍松被风吹着在庙宇前;
街头木偶戏的喝彩，锣声;

奇鸟在古河床头，深荒林里；
忧虑的诗人在思索他的凄凉；

中国底故事
用小调
唱在寂寥的胡同里。

扬子江

小时候
母亲同我
在黄昏
她指给我看扬子江的
暮流，
我眼里满是眼泪。

在今天
我同我的孩子
在黄昏
我指给她看扬子江的
暮流，
我眼里又满是眼泪。

在远方

今晚
有人

在远方
为我掉着眼泪，
不知怎的
我就知道得
如此清楚。
临睡洗脸
放水时，
水声里有人在嚎啕大哭。

钟打了一下。

打更的声音

都市里
怎么
在深夜
也有人在打更；
因风吹着，
忽近忽远；
再听，
似乎是晚风。

深夜是回忆底客厅。
在回忆底夜里，
在心里，
有打更的声音。

今晚似乎是
过了好几个世纪。

智慧与诗

不是我喜欢听
黄昏时的叹息：
却因为黄昏时的叹息
是宇宙中一切的智慧。

不是我喜欢看
满眼泪的眼睛；
却因为满眼泪的眼睛
是宇宙中一切的诗歌。

陶　陶

在教室，在街上
一想起你，
心里就来了一阵热。

这是无条件的爱，
无理由的爱，
这是懂得创造者的存在。

逢　节

大约是不成了，

这个老病
逢春，
逢节，
天阴，刮风，
黄梅天……
老在那里
开个口子
隐隐的痛
好几天。

“只要等他
爱起沉默来，
那就是
老病又发！”

是的，
最近更厉害；
又逢着
刮风，
春节濛濛细雨
下着没完。

宇宙皱着眉头

太远了，
太远了；
就是眼泪

与那痛苦的距离也
太远了。
那里填满了
千万年
生所注定的，
难受的
万里长啸。
给诗人
从历史缝里
流下的苦汁；
一口，一口的
喂着人类，
一黑夜，一黑夜的
宇宙皱着眉头。
太远了，
太远了；
就是眼泪
与那痛苦的距离也
太远了。

黄昏和雨

我们追悼逝者
也被人追悼：
眼泪还眼泪。

每次翻读

追悼的诗歌；
黄昏和雨。

幸福的是
那些人；
遗忘还遗忘。

自己寻个地方
去死在那里；
免得留下黄昏和雨。

新画揭幕典礼

音乐拉开
回忆底幔子，
回忆叠在一张画里：
（许是 Leger 的）
一枝杨柳，夜灯，
半角城，半条街，江南小村，
一山谷，一客厅，一阵风，
（嘿，那味道！）
几种颜色，在水中，在天空，
几十年来的，
几十年来的回忆底花圈
放在“过往”底坟墓上。
在室内音乐里
新画揭幕典礼。

看画的人
除了叹息外
没人敢鼓掌。

上海，北四川路

那条路再也
不想走了。
偷偷的
走过，
像偷了什么；
委实，
不是怕流眼泪，
只是怕
难受得
受不了。
天下什么也
不能挽回
人世间的
这点恩情。

远地，
在音乐前，
黄昏下，
写着这点恩情；
也只是
免得我

把今春变成
秋天。

万物永生

在音乐，
诗，图画前，
死亡
和一切的忧愁
都是秋风中的
树叶；
只有永生，
万物永生，
在音乐，
诗，图画里；
像秋在
来年底
处女胎里一样。

白玫瑰

白玫瑰
浮在无色的
玻璃缸里——
永远不化的雪：
在客厅里
养了一篇教文。

一个回忆
慢慢
带回家去,
等岁月暗惨起来,
温习,
温习客厅里
玻璃缸里
浮着的白玫瑰。
那里有
一片永远不化的雪。

晚风中送 J.

一起听了肖邦的
一个夜想曲
就走了。

“祝你们好!”
“这次我到广东去!”
“只有上帝知道!”

握着手,
格外的紧。

不等
你走得看不见,
我很快的

就跑回家来；
忘了说
半句珍重。

我的诗

我的诗是
你忧愁底坟地。

你不是为金钱，
欲望也不是：
却为了多读了一句书，
多敏感一点。

我有白杨，苍松，
黄昏，无边际的寂寥，
微风和天空，
废墟，至大的悲凉。

我的诗是
你忧愁底坟地。

Tchaikowsky：Symphony No. 4

东抓一把翠绿，
西抓半把回忆，
半把安慰，许有

一把兴奋的胡抓。
胡乱的生气
也是徒然的。

拼命的
假装着
有勇气
活下去。

磨钝了的
音节
像煞有介事的
鼓起精神来。

在最惨的时候
才稍稍的抓了甜蜜半把。
胡乱的生气
也是徒然的。
还是一半把翠绿，回忆，
安慰，兴奋的胡抓。

唱小调人的墓志铭

我躺下，
算回家；
受了灾，
又是害，

别再来
这世界。

可悲的
旁的爱，
别的奶，
再培养
一帮人
来受灾。

反正要难受的

那么远，
那么久，
没有消息
总想着。

再一想
反正要难受的，
不来信也好：
免了新添忧伤。

没有幻灭

反正
一生是黑夜；
手向前摸着，

脚站稳，
一步走一步。

手全是血，
血满了头皮，
免了智慧和情绪底
迷阵。

黑夜找回来
没有幻象，
在黑暗中更
没有幻灭底欺骗
来痛苦我们的思念。

一步是一步，
黑暗本没有
星和月亮。
灯？不然，照出血，
更叫我们走不了。

北　京

你有什么谜，
——黄昏之静？
有什么恩情，
——未熟悉的女子的眼睛？
有什么缠绵，

——古老底诱惑？

你是西山飘零下来的
一片红叶
落在历史里。

我该早来的，
如果
我知道
你整年是个好秋。

我们崇拜忧愁，痛苦

我们崇敬
忧愁，痛苦，
我们去寻找它们；
然后来
叫我们
因忧愁而忧愁，
因痛苦而痛苦。

我们有
忧愁的瘾；
痛苦的瘾，
万代养成的习惯。

这是必需的，

这是我们的应份，
事败人亡的追求。
因为我们怕
幸福，快乐，
所以躲在
我们的忧愁和痛苦里。

不然，
忧愁和痛苦
不会那么重价，
可又是那么便宜。

四月二十九日花子猫死

一早程妈喊了你半天，
后来又听她说：
“这怎么说呢，
也不让看一看。”
扫胡同儿的说
花子被狗咬死，
扔土箱啦。

荫说：
“叫她找回来，
埋了它。”
“一早土车拉走啦，太太！”
程妈哭着说。

乖乖直要哭，
哄着哄着，
一天不让人提。
她说：“害怕，
难受。”

尸首找不到也好
省得
看了更难受。
埃及人奉猫为神，
今晨神被群狗
咬烂了。

在打雷
暴风雨的一大早，
一群野狗
牙缝里带着你的血肉走了。

你的小猫，
爬了一早晨窗台，
叫了一夜妈妈。

好在
你没有死底回忆，
也没有死底惧怕；
只有一霎眼的恐怖。

一阵初夏的
雷雨
刮走了我们的猫
花子。

看见一溪流水

她来的时候
带来满天星底亲热，
月亮，万里银河，
夜底一切秘密和甜蜜。

她来的时候
带来江河，五岳的雄伟，
阳光，黄昏万里，
白昼底一切暖温和希望。

我拥抱她，
她却有眼泪湿我的耳朵。
“我看见一颗流星，
还看见一溪流水！”她说。

雨下着，打着房顶

我没吐尽我的心：
真像雨淅沥着房顶，
说不尽甜蜜的传奇。

千万片湿亮的房顶
藏着你我甜蜜的传奇。
雨下着，打着房顶。

怕惊动了回忆底温存，
我未敢吐尽我的心，
让雨在房顶上淅沥着。

一 人

秋来了，
心也冷落起来。

大雁，日夜成群
写着
我的孤独
在天空。

一人，一人，一人！
（春和夏乘着翅膀走了。）
为我
留下秋，留下秋，留下秋。

然后，
遍地大雪。

一身轻

厌烦了一切，
厌烦了！
窗外的树草
无意义的被风吹着；
书籍在书架上是
座座荒园，
结着枯干了的蜘蛛的
枯网；
爱，
天天在肉，在心灵上，
上鳞刑；
太阳等于白天点灯，
黑夜的星月领着鬼魂；
一面笑自己，一面笑人。
忽然，有一天
一阵风，
一身轻
走了。

一片绿叶

忧愁
像微菌似的长了一身。
用诗来注射；

把愁放在爱底摇篮里；
做小门套大门的梦；
倒把忧愁弄得恐怖。
忧愁仍然
像千万朵蔷薇
喷出苦恼底香……
是的，是的，
只要一片绿叶的抖动在天空，
只要一秒钟的抖动——
我就会赞美生命的。

雨底奇迹

早晨
我看见
雨在地上
种着一亩一亩
白的稻秧。

晚上
我听见
雨淅沥的
走到我
窗前。

雨告诉我
白的稻秧

已经熟了。

我所收割的
特别
凄凉得美
在夜半。

Sonata in F. Minor

(“Appassionata”)

热情于谁，
悲多芬?
人的女儿们，
生活，或者
热情于孤独?
一团忧郁的火
到处走，
到处延烧，
到处孤独的延烧着;
一年一年，
一世纪，一世纪的
烧。
千万人的眼泪
孤独的流。

黄昏，到处黄昏

从前我赶完了工作，
骑了车，到河岸，
在芦荻丛中看太阳下去；
如果赶不及了，我就忧愁。

现今，没等我预备起床，
不用挪动一步；黄昏，到处黄昏；
不必赶去，看老远孤屋左边的落日，
我心里日夜是暮夕忧愁。

那卷书

我不敢说
你们两人
凄惨的事，
我只知道
我不能再
打开那一卷书来读了，
不能再打开了。
委实，
你们那卷书
已经在每个
黄昏的天空中
展开了好几万年

给会流眼泪的人
细细去读，
也是不得不读。

再　飞

燕子衔了
泥
一颗一颗的
真珠般
贴镶在
一起，
叠成窝
在房檐下，
来渡此
暂居的季迁，
然后再飞。

一片一片的
忧愁
让我也
贴镶起来
做个窝
为你我
躲避些时
黑夜底枯叶声，
风天的斜雨，

等到季节过了，
再飞。

晨　曦

快！
晨曦
在树的
水彩画
蓝影中，
墙角根下，
快要化了。
我骑着车
赶着，
同时间赛跑。
八点钟
晨曦死了。
空手回来
快乐的猎户。

咖啡馆里喝啤酒的人

在千百人来往的咖啡馆里
又看见他
在那犄角坐，
面前一杯啤酒，
坐上四五个钟头：

没人理他，
他只微愁着不理人。

咖啡馆里的陌生人，
哪是您的老家，
什么兴趣，什么哲学……？
微微愁笑，
天天来守着
一杯淡黄的啤酒，
在千百人来往的咖啡馆里。

都有你的故事

像是有一段
缠绵凄美的事！
谁的故事，
在哪里？
是在刚念到的
诗集里？
我翻了又翻，
并没有。

那不是吗？
在每两行诗之间
都有你的故事。

眼　睛

不，你不会爱她的眼睛的，
　　你是夜底恋人，
爱星，爱天河，在树梢间；
　　你没有见过她的眼睛。
世界还有比人的眼睛更美好？
　　我说不出多美好：这是上帝的秘密。

不，你不会爱她的眼睛的，
　　你是海底恋人，
爱珠，爱贝壳，在蓝波间；
　　你没有见过她的眼睛。
世界还有比人的眼睛更美好？
　　我说不出多美好：这是上帝的秘密。

莫扎脱某交响乐

好像是
在哪里
听见过似的
这调子；
不然，
怎么会叫我
如此
因回忆而难受。

也许
我们是那
丢失了的国度的人
有同一个思家底苦念
在这世上
追念着。

飘　遥

只有窗口
来的风味
和
音乐
能邀我
回到
那丢掉的
回忆里去。

这是等于
抽出
一根
最灵敏的神经
在空气中
飘遥。

既痛又甘美得骇人！

有苦行僧路过时

我的诗是
时间底鸟
留下的脚印，
温藏在
我秋愁的荒庙里。
有苦行僧路过时
我这荒庙的主人
仅仅能拿出
脚印底化石
给他们看看，
来招待并饯别。

死的回忆在喊着

风雨吹
在玻璃窗上；
芦苇动着；
紫灰色在山上，
在屋里，
也在心头。

我的心，
怎么啦？

死的回忆在喊着，
死的回忆在喊着。

怀梦家

在长沙的街头
你只留下一个地址
我也就走了：七八年。

不是友情的薄，
却是缠绵的浓：
就留下一声“再见！”

近日重读了
你的两集诗：
既春又是秋的心惊。

秋雨（二）

最古老的言语
在说着最古老的故事——愁
夜的雨水——
落在黄昏
在古庙的瓦上
远山，江湖上
在水塘里
落在你的头发上——

半夜听着秋雨
睡不着
收不回来在雨中远途的灵魂

浮　尸

手反绑着，
头没在水里，
顺海河流去，
你是谁？

为了女人，钱，
田，国家……
引起无天亮的恐怖，
无能的怜悯。

民国三十一年六月天津

他们会记得我吗？

他们会记得我吗？
这不是问题。
他们会记得
痛苦，
愁底引诱，
惊讶，以及俯首……
他们要纪念的时候

他们会想到
我的诗，
想到
我同他们过的日子。

附　　录

书　简

刘荣恩

想了解诗人的诗，必须了解诗人的灵魂。这些信都赤裸裸的显示出诗人忧郁的性格，和诗人对于诗的虔诚的情感。没有得到诗人的许可，我为他发表了这些信，无非想贡献给读诗人的诗的人当作注脚看。也许诗人不会怪我泄漏了他心灵的秘密。

魏或记于一九四六冬。

让美的火焰烧着，烧着。诗是人类唯一的希望，在万代中的万代，万时中的万时，今时才是顶需要诗的灌溉的时节，我们爱诗的应该做好的工人，将来收美好的庄稼。现在才是美的世界应发展的时辰。

（一九四四年，二月二十九日）

“五十五首诗”已校对完毕，约再过一两星期就能〔送〕大家看看了。“十四行诗”是我订婚前后写的，似乎是属于另一时代，“五十五首诗”是“诗集”后直至最近写的全收搜在一起，许可以看见我诗程的踪迹来。将来出来后，希望你能看出，我的诗是更忠实，更勇敢的灵之产物。

（一九四四年，三月十八日）

“林冲夜奔”读了。我说什么好呢？眼泪是多余的，难受了一黄昏。

诗的传统打破了，什么都不存在了——其余的都该在诗之国域里被撵走，只剩了一朵“鸟”般的情感。这才是真正的诗的真魂。我们来保护她。要把“鸟”关在笼子里，插着死的树枝，架着铜丝的秋千来替代树枝在田野被风吹动的神韵，在江西瓷器的小食碗，喂着自来水，吃着人工所理齐下来的小米粒，还把鸟笼挂在说俗事，听俗话，做俗勾当的华丽客厅里。诗的命运年来是这样。山林里深谷处已经绝了诗。在心灵里诗也拘禁起来。

（一九四四年，五月十六日）

昨天和前天偷闲读了 Barric 的 Quality Street 一剧。有好几段把我的眼毛弄湿了。人是可爱的，人心是可贵的！

爱是一个多么温暖的东西。虽然有好几百万，好几百万的人一代一代的死去，无形无迹，可是其中有人只要被爱的火少微燃过一点的，他的一生并没有白白的过去，他是伟大的。他那一趟的上市没有空手回来。

拿“恨”来代替心里所有的情感？不不不！拿“可怜”拿“忧伤”来装满你的心。是的，“爱”，还有比这个更伟大的吗？

爱是出发点，爱是终点；一团不灭的火来暖暖这个严冬。

那天××照像，他们约我去。在照像的地点旁，蔷薇爬了半墙，小小的，一朵一朵的，在风中微动着，它们的香味叫我神爽。它们没有做什么工作，只是在那里放着香，却给了我们可怜的人类无尽的温存。在这里你能看出一个宝贵的寓言吗？

（一九四四年，五月二十六日）

我还没有忘了许多年前你在“文青”小刊物里曾为我第一部诗集作一批评，我觉得你能体会我的情绪，同时我们都在此地过的“抗战”日子。近日自己翻翻自己的诗集，想想这小小的一点声音在这八年里究竟是不是也为一般人哭了一场。我的性格本是一座忧郁的森林，没有“抗战”还是一样的这样忧郁。大家都似乎没有看出这“忧郁”是我灵魂的颜色，同古代犹太耶利米的灵魂是同一个部落出身。现代的术语和风气像火把扔在有绿灵魂的大海一样。我希望善意的人们不要怪海的无可奈何的本质。

（一九四六年，十一月十六日）

（原载 1946 年 12 月 1 日《文艺时代》第 1 卷第 6 期）

忧郁的灵魂

——刘荣恩的诗

魏　彧

在沦陷的城市里刘荣恩刊印了六本诗集，（包括胜利后出版的“诗二集”，“诗三集”，然而那些诗写成的年月也是在痛苦的见不到祖国旗帜的年代里）。诗人对自己的诗从没有说过一句话，对侮辱和误解，诗人一直保持着沉默。诗人有自己的诗的传统，用自己的钱币向诗神做交易。

诗人是忧郁的，用他自己的话，是同古代犹太耶利米的灵魂同一个部落出身。他的诗像是一朵一朵涌起在纸页上的叹息，坐在独木舟里扬帆于诗人有绿灵魂的海里的冒险者乃饱受着浪花的颠荡和撞击，神往于那些古老的忧愁的故事，秋天雨的哭泣。正如诗人自己的告白：

我的诗是
你忧愁底坟地

——“诗三集”：我的诗

诗人的心里充满了忧愁，也充满了慈爱。异族侵略者的残暴损害没有激起诗人的愤怒，反而洗净他的憎恨，升华他的情感，像站在高山上向苍冥的宇宙说着灵魂上神秘的语言的先知，把世俗的憎恶仇恨都溶进他深厚博大的爱和怜悯里。他恐惧的不是绞架刺刀和那群说着生疏的异国语言的暴徒，而是灵魂的受虐待，被屠杀，湮没在沙漠的荒凉里的寂寞。——他要求人们保持灵魂上的澄清明洁，忠实的服役于美的情感。像那个古代的哲学家，在被异族虐杀前，还谨慎的画着圆圈，怕被粗鲁的兵士所损坏。

然而在这严寒的地带上，当异族的炮车辚辚地开进了我们的城，土地受着侮辱，人民受着侮辱，在人群骚乱着不是仓皇奔逃，就是拿起来武器抵抗的时候，谁又肯伫足于讲坛前倾听圣者用古老的语言把香膏涂抹于灵魂的创口上。他们要的是火，火的情绪，火的语言。

我们的诗人却是大海，海是不能燃烧的。

> 现代的术语和风气像火把扔在有绿灵魂的大海一样。
> 我希望善意的人们不要怪海的无可奈何的本质。

我们不能怪海的不能燃烧的本质。诗人的诗篇是在战火燃烧过的土地上，在断砖碎瓦的废墟上，保存下来唯一的一丛蔷薇。固然在战场上我们愿拾到一枝染着血的枪，或是发现一面挂在断树枝上飘扬着的旗。而花草长于布满钢铁的碎片，充满硝烟的气味，烧焦过的泥土上又是多么的不调和。可是蔷薇自有它自己的颜色与气味，它不也是在尽着最大的力量结人类无尽的温存？我们曾讪笑过那企图于异族侵略下保存自己的圆圈的哲者，但那圆圈在今天显出的重要，会使我们失悔于自己的讪笑的孟浪，肤浅。海虽不能燃烧，却有它自己绿色的灵魂，自己亘古的忧郁，这就是诗人自己的诗的传统。战场上的蔷薇可能被侵略者的马蹄踩得粉碎稀烂，可是只要存在一天就要贡献出它的颜色和芬香给蓝天，这就是诗人的诗里的特质。

这是一个怎样忧郁的灵魂，他的确为我们哭了一场。

可是这已不是哭的时候。我们为一个人的死亡流泪，我们为了千百万人的死亡，就再也不会流泪。我们祈盼着诗人的灵魂健康起来……

（原载1946年12月1日《文艺时代》第1卷第6期）

刘荣恩的诗

李广田

我到天津后遇到的第一个新朋友是刘荣恩先生。第一次见面谈了一些文艺问题，第二次见面他送我六本诗集，这些诗集的名字是："刘荣恩诗集"，"十四行诗八十首"，"五十五首诗"，"诗"，"诗二集"，和"诗三集"，这些都是他在沦陷期间所作，而且都是自己印了送朋友，从来不曾在外边销行过的。刘先生说，这些作品都是他自己暗中摸索的结果，意思是说在沦陷的地域内既得不到甚么鼓舞，也不明了后方诗界的情形，这自然是实情，但同时也可以看出是刘先生的谦虚。

我到这里以后正愁于无书可读，得到了刘先生的诗集，便用了感谢与欣愈的心情把它们读过。我读过这些作品之后，深深地觉得作者确是具有一个诗人应有的最好素质。第一，我在他的诗里到处都感到他那深厚的性格与情感。他并不显得过分聪明，所以[1] 作品不致失之纤巧，他也并不显[2] 得过分老实，作品中也就没有愚执呆钝的毛病，他真可以说是一往情深，而感觉广大。例如在"云冈石大佛"，"河南坠子"，"我听见阵阵的哭声"，"在远方"等诗中都充分地令人感到这一点。"我听见阵阵的哭声"只十二行，如下：

我听见阵阵的哭声——
小孩子哭着，孩子，少年人，
母亲，妻子，抖擞的父亲，
我不知道他们为甚么哭，
阵阵的哭声，我又听见，
早晨，白的下午，星夜，
靠着门框的母亲，希望着没生。

我不知道他们为甚么哭，
又来了阵阵的哭声，
我在街上转着转着，
左右四方的打探，
不知道他们为甚么要哭。

诗人说“不知道”，难道真是不知道吗？不然，那是很容易的，不过诗人不曾说，他只说出他的感觉，于是就更令人感到可怖，可悯。其次，在意象的铸造方面，作者也有他优越的才能，例如“翡翠雕刻的鸟[3]”，“十四行诗第六首”，“无美无艳的春天”等，都是最好的例子。在“无美无艳的春天”中有如下的句子：

树林是发狂的野人，
踢起土来，
拔着自己的头发。

又说：

天津城
独自很严重的在玩，
撒了自己一头的土。
说着带土的话，
念着带土的书本。
就说是已经埋在土里
还不得静。

以上，都可以说明作者的质地与修养，假如他是生活在很好的环境里，让他能过更实际的生活，能比较自由地思想，比较自由地表现，那一定可以产生强大有力的作品。然而可惜，他在敌伪的统治下过了八年的黑暗日子，他的灵魂在如此悠长的岁月中休养痛苦的旅行，这正如他在诗里常有的表现：他有"一颗有深藏着的痛的心"（黄昏里死去），他所感到的是"痛的是世界的心"（翡翠雕刻的鸟），他总是"为古今愁着，太难受了哭不出来"（傍晚散步）。他无可如何，既不能离开，而住下来又非常痛苦，他既不能像一个实际行动者一样去拼[4]命苦斗，又不能像一个麻木不仁的人一样无感无觉，他既不能向前猛进，也就只好在自己生命中寻找另一种寄托，于是他的诗里边扩满了命运的色彩，到处是愁苦的声音，这也就成为他的诗的主要部分，例如"鼠戏舞台"，"在巴黎道上"，"夜里的珠子"，"蛆的哈哈歌"，"全是枉然，徒然"，"过路客"，"一阵春风"，"一套再一套"，"红叶和黄叶"等，都是。愚夫愚妇相信了命运就可以自安，而诗人虽看透了一切也还是悲苦，在无可奈何时也就自然地显出一种嘲讽的态度，这一方面最好的例子是"蛆的哈哈歌"：

我吃人：能思想，有天才的万物之灵。哈哈！
我吃美，吃青春的明媚。哈哈！
我吃到人类的历史的字眼里去，
我吃做历史的人的四肢。哈哈！
我吃管辖百万人的领袖的头颅。哈哈！
我是一切活东西的吞灭者，
死是我的主人。哈哈！
我告诉你一个秘密：（哈哈！）
"你活的时候我已经在你里面啦！"哈哈！

由于这一情形，作者实在有不可一世的忧愁，而他也非常珍爱他的忧愁，他的忧愁产生智慧，他的智慧产生诗。如把他的“忧愁是智慧”和“智慧与诗”两诗连起来看，就可以看到作者的道路。前者说：

忧愁是智慧，
忧愁是我的力量。
我创造我的忧愁
用上帝一般的辛苦。
我爱我的忧愁
像你爱你的聪明——
许是愚蠢，朋友，恕我——
你将来埋在土里，
我却埋入人们的心头。

而后者则说：

不是我喜欢听
黄昏时的叹息：
却因为黄昏时的叹息
是宇宙中一切的智慧。
不是我喜欢看，
满眼泪的眼睛；
却因为满眼泪的眼睛，
是宇宙中一切的诗歌。

因为如此，所以总览作者的作品，可以说：写个人的，多于写社会的，表现感觉的，多于表现思想的，因之抒情的也就多于叙事的；同时，也可以说：写个人的，较长于写社会的，表现感觉的较长于表现思想的，因之，抒情的也较长于叙事的。这情形大概也正是今天我们所不要的，把这样的作品提示出来，也一定有人对之加以责难，然而我却不愿意责难，因为我今天才知道了他们留在沦陷区里的人们的痛苦。何况作者对于他所处的黑暗环境也并不[5]是不见不闻无声无息的，不过由于轻轻限制，只作了极有限度的表现而已。如前面举出的“我听见阵阵的哭声”，即是一例。此外如“城门”一首中说：

它（城门）曾看见过因
眼泪而张大的眼睛；
军旗马匹飞着穿过；
难民像牲口一样爬着……
城楼靠在黑下去的
黄昏天
是一颗印玺
打在民族的头上。

“他还得要死”是写敌人对于同胞的暴虐，然而却不容易看出。在“无题”一首中却充分地表现了敌伪的淫威所造成的恐怖，其中说早晨，中午，黄昏，月夜，总是到处为恐怖所笼罩，最后一段则说：

日夜在战栗中，
像只活拔了毛的鸡
向着黄昏的森林窜去。

而“浮尸”一首则用了最简单的文字写道：

手反绑着，

头没在水里，
顺河流去，
你是谁？
为了女人，钱，
田，国家……
引起无天亮的恐怖，
无能的怜悯。

这是唯一一首记了年代的诗，说明这首诗作于“民国三十一年六月天津”，此外，六册诗中都未写明年月。这些地方都可以见出诗人的苦心。这种痛苦，也正是生命尚在的表现，而凡有生命都是要发声发光的，虽然只是低哑的声音，虽然只是暗淡的微光，也许就正好相当于在另一天地中的辉耀与呐喊，假如连这一点也没有，那就真是一切都完了。

刘先生的六册诗作于敌伪统治时代，“胜利”以后是否尚有新作，我们不得而知。假如他并无新作，那大概正在酝酿一个新的变化，假如已有新作，那当然与前不同，因为现在摆在诗人面前的一切都已经变了，或说是已经完全自由解放，或说是又有了新的枷锁，或说是已经不再那么痛苦，或说是又有了更大的痛苦，都是可以的，总之，一切都变了，这也正如作者在“夜里的珠子”一首中所说的：

甚么东西都是要过去的，
就是照情人到林中去的星宿
诗人怀了病的词句也是一样

不错，一切都会过去，但未来的也总是在来，问题只在你自己是什么方向。诗人自然有其自己的道路，但我们却也不能不对诗人有某些希望。假如从大处看，从大处想，那么从生活到思想，从思想到情感，从情感到表现……这一连串都应该变一个方向，假如真的变了，那就不但像诗人所说的“千真万确是要毁灭的”（“夜里的珠子”），而且同样，千真万确也是要新生的，不但只“到[6]处听到掘坟的声音”（同上诗），同样也到处听到建筑的声音。假如是这样，那么诗人也许就不再如“智慧与诗”中所说那样太爱“叹息”，而可能喜欢“呼喊”，不再太爱“黄昏”，而可能喜欢“早晨”，因为今天，我们正在为了一个民主和平的“早晨”而“呼喊”，为了有人阻碍这个“早晨”的到来，而我们又必须获得它，所以这期间中许还有一阵苦斗，也许还免不了痛苦，但这痛苦正是新生的痛苦，创造的痛苦，等“早晨”到来了，我们就将高歌，就将欢呼。今天，凡认识到这一点的，都应当为此而努力，而诗人也应当如此，对于一个赋有极深厚的性格与情感而且赋有优越的写作才能的诗人，尤其希望他如此，且相信他能够如此。

三十五年双十节，天津。

1“以”字原文误为“显”。

2“显”字原文误为“以”。

3 原文误为：翡翠鸟的雕刻

4“拼”字原文误为“摒”。

5 原文无“不”字。

6“到”字原文缺，据原诗补。

（原载1946年10月28日《侨声报·星河》）

刘荣恩和他的诗集

刘福春

在图书馆寻访新诗集，查得刘荣恩诗集六种。因为诗集都是自印，有三种未标明刊行时间，更想了解一些有关诗人的信息。但是翻遍当时能找到的资料，仍然是一无所获。

1982 年 7 月 3 日，唐弢先生去英国伦敦出席在剑桥大学举办的第 28 届欧洲汉学协会会议。同月 19 日唐先生回国，我去机场迎接，从伦敦归来的唐先生给我带回一份惊喜。唐先生告诉我，在伦敦他见到了一位诗人，名叫刘荣恩。应该是由于唐先生的这次出访，1983 年 4 月 2 日，刘荣恩的女儿刘陶陶博士与母亲程荫女士及卜立德教授到我们研究所访问，幸运的是，所里安排全部行程都由我接待，于是又有了更多了解诗人的机会。1984 年 1 月 9 日我致信刘荣恩先生，从刘先生的复信来看，我的信应该是提出了三个方面的问题，2 月 7 日刘先生复信全部予以回答。复信如下：

福春先生：

您一月九日的信，二月三日才收到。

去年春天程荫和刘陶陶在北京时蒙您照顾很感激。她们也曾提到文学研究所想找我的诗集。可惜我手头一本也没有。我多年来想如能把我的诗收集起来从头整理一下，出本选集。但知道这是四十多年以前的事，又经过十年动乱，我存在天津的书早已不见。您说这几本诗如今您竟能把它们都找来啦。费力不少，真是万幸。

关于您要知道的问题作答如下：

①诗集出版时间次序前后大约如此：

刘荣恩诗集

十四行〔诗〕八十首

五十五首诗

诗

诗二集

诗三集

前三种出版年代能记得起来的是

刘荣恩诗集 1938 年

十四行诗八十首 1939 年

五十五首诗 1940 年

请查一下“诗”的出版年代。以上三集一定是比它早。全在天津出版。

②出版的情况：

这些诗集不过是给我性情相同的朋友们随便看看，并不是出售。看完了请他们扔掉算了。这些诗只是当时在抗战期难以找到的安静中精神上的一些淡彩素描而已。

③本身的情况：

1908 年生在杭州。1930 年燕京大学卒业。1931 年入南开大学任教。三十年代初期在沈从文同萧乾编辑的天津大公报“文艺”里偶尔写些小品和译文。1946 年参加南大复校工作。1948 年获得英国文化委员会奖金入牛津大学 Balliol 学院进修。此后一直留在英国写书，翻译，画画。在 1972 年 Penguin 书店把我英译的“元曲六出”一册出版，放在他们的“古典文学丛书”之内。

此复，即颂

春祺。

刘荣恩

二月七日

再启：见到唐弢先生时请代为问好！

刘荣恩先生的复信解决了我的大问题。我当时编撰《中国现代新诗集总目录》，体例是按诗集的出版时间编排，如果诗集的出版时间不能确定则无法编入该书。复信还回答了诗集出版原因："不过是给我性情相同的朋友们随便看看"，因此诗集均为自印，每种编号限印100册。

2月25日我复信表示感谢，很快又收到刘荣恩先生的回信：

福春先生：

二月十五日的信收到了，多谢！

我自己的诗集出版都是四十年前的事了，一直身边一本也没有。一听说你们处竟都收集全了，真是连梦也做不到的。有件事烦您，能不能满足一下我的一点好奇心。我的诗集你们是怎样搜集到的。哪里来的，是个人家藏着的，还是旧书铺里找的。这一些对我极有兴趣；诗集是自己精神上的儿女。如果不太麻烦的话，请告我一二。

刚说手头我是一本自己的诗集也没有。说到我想出本选集，问题很多。若由你处寄来，万不可以；万一丢掉了，更会遗憾万分；或可请国内熟人替我挑选一下。最叫我索思的是：我的诗值得不值得出版。找出版家又是一个问题。很想您能给我一点意见。

你们肯把我的诗选上几首将在"中国现代新诗选"里出来，那对我是个无上的荣誉，心里非常高兴。苦手头没有任何一本诗集，真无法帮你们挑选，非常抱歉。您编辑这本诗选工作很大。

北京国立音乐院（?）张肖虎教授曾为我的某几首诗配上歌调。年代已经过了那么久，未知曲稿还有没有？不妨打听一下，如果有兴趣的话。

提到照片，现在正在印着，印好了再寄上，时间需要一二星期左右。

此布，即请

撰安！

刘荣恩

三月十六日

见到唐弢先生请为问安。

刘荣恩先生的信我是3月26日收到的，接着又收到刘先生29日寄来的照片。我4月14日复信，应该是告诉了这六本诗集的搜集情况。刘先生的诗集当时我是一本也没有，是在我们所图书馆、北京图书馆（现国家图书馆）和一个高校图书馆查到的，现在收藏的几本是后来才购得的。

信中所谈的选几首诗编入《中国现代新诗选》，这是现代文学研究室的集体项目《中国现代文学创作选集》之一种。项目开始于1970年代末，还编有《中国现代短篇小说选》、《中国现代散文选》和《中国现代独幕剧选》。这三种完成得比较早，人民文学出版社1980年代初已出版。《中国现代新诗选》动作迟缓，因而我1980年初入所赶上并参与了选编工作。刘荣恩先生的诗我选了《薄暮》《城门》《悬赏：寻回忆》《北京》《黄昏，寂寞，我》5首。遗憾的是，选编全部结束已是时过境迁，书稿在出版社放了几年被抱歉地退回。所幸后为北岳文艺出版社接受，改名《中国现代经典诗库》，出版煌煌十卷，时间已是1996年10月。不过从所见的资料来看，这也是1949年后选入刘荣恩诗作最早的一个选本。

刘荣恩先生的两封信都谈到了“手头我是一本自己的诗集也没有”，还讲了想出一本诗选集。但在当时出版诗集的可能性几乎是没有，所能做的就是复印，虽然这也有一定的难度。1985年3月，刘陶陶博士又来北京，我3月20日日记有：“上午刘陶陶谈其父复印诗集事。”诗集是复印了，记得只有几本，不是全部。

刘荣恩先生共出版诗集6种。《刘荣恩诗集》是第一本，收《黄昏里死去》《在巴黎道上》《今夜的寂寞》《香港夜泊》等诗 50 余首，分为 6 卷。扉页题："我这部诗集献给荫　做我们订婚的纪念"。荫即刘荣恩先生的夫人程荫。原书未标注出版时间，刘先生的信讲记得此诗集是 1938 年出版，《十四行诗八十首》扉页上标明的《刘荣恩诗集》的出版时间也是这一年，应该无误。

《十四行诗八十首》是第二本诗集，收十四行诗 80 首，均无题。扉页题"给荫"，还印有"私人藏版壹百本"。所见为第 95 本，是 1945 年在天津送给诗人南星的签名本。第三本是《五十五首诗》，收有《问答》《千古的怨恨》《悲多芬：第九交响乐》《黄昏，寂寞，我》等诗；扉页仍题"给荫"，印有"私人藏版限定壹百本"，所见为第 28 本。两本诗集也都未标明出版时间，据刘荣恩先生的信，前者 1939 年出版，后者出版于 1940 年。不过从现有的资料看，刘先生记忆的《五十五首诗》出版时间似乎有误。1946 年 12 月 1 日《文艺时代》第 1 卷第 6 期刊有魏彧整理的刘荣恩《书简》，其中 1944 年 3 月 18 日的信说："'五十五首诗'已校对完毕，约再过一两星期就能（送）大家看看了。"另查 1944 年 8 月 20 日《中国文学》第 1 卷第 8 期刊出的毕基初的诗评《"五十五首诗"》，文中说："'五十五首诗'的手稿还在三年前就零星的读到，我曾珍贵的把那些小诗抄写在手册上书籍的扉页上。我曾几次的要求作者把它印出来。现在，终于作者把'五十五首诗'汇辑付印。当我看到这诗集时，我心里有说不出的喜悦，我写信给诗人为他喝彩。"由此可见《五十五首诗》的出版时间应为 1944 年。

第四本诗集著者简单地名为《诗》，收有《埋我的心灵》《悲哀人的遗嘱》《无美无艳的春天》等诗 46 首，分为 5 卷。出版时间标明是 1944 年，仍为"私人藏版限定壹百本"，所见为第 71 本，1946 年送诗人石樵的签名本。石樵，原名张庭梁，1922 年生，河北山海关人。北京大学毕业，1948 年逝世。1946 年出版诗集《山海集》。

后两本诗集名为《诗二集》《诗三集》，均为 1945 年出版。《诗二集》收《莫愁湖》《翠鸟》《感觉底丛林》《我的灵魂寂寞极了》等诗46首，分为4卷；扉页题“给荫”，所见为“私人藏版限定版壹百本”的第98本。《诗三集》收《忧愁是智慧》《北京的春》《宇宙皱着眉头》《莫扎脱某交响乐》等诗54首，未分卷；扉页题“给荫”，所见为“私人藏版限定版壹百本”的第26本。

刘荣恩先生这6本诗集均无序跋，给我的信中讲：“这些诗只是当时在抗战期难以找到的安静中精神上的一些淡彩素描而已。”《文艺时代》第1卷第6期刊出的刘荣恩《书简》保留了几段诗人有关自己诗集的自述。1944年3月18日信讲：“‘十四行诗’是我订婚前后写的，似乎是属于另一时代，‘五十五首诗’是‘诗集’后直至最近写的全收搜在一起，许可以看见我诗程的踪迹来。将来出来后，希望你能看出，我的诗是更忠实，更勇敢的灵之产物。”1946年11月16日信说：“近日自己翻翻自己的诗集，想想这小小的一点声音在这八年里究竟是不是也为一般人哭了一场。我的性格本是一座忧郁的森林，没有‘抗战’还是一样的这样忧郁。大家都似乎没有看出这‘忧郁’是我灵魂的颜色，同古代犹太耶利米的灵魂是同一个部落出身。现代的术语和风气像火把扔在有绿灵魂的大海一样。我希望善意的人们不要怪海的无可奈何的本质。”这些自述虽然简短，但对理解诗人的作品应是非常有价值的文献。

对刘荣恩诗集的评论所见也不多。毕基初的诗评《“五十五首诗”》讲：“他打碎了传统的语言的枷锁，创造了新的语汇。他写诗的题材不是广泛的人间事，不是情节，不是恬淡的悠闲，而是情感的升华，心的号角吹奏的灵魂的呼吁和叹息，那是从生命底层渗透出的痉挛的波动，也正因为这种内心的强烈的冲动，使他不得不抛弃文字的定型失去光泽的色彩，而选择一种流动幻变的捉摸不定的光的组合。”诗评对《五十五首诗》这本诗集给予了很高的评价。

《文艺时代》第1卷第6期还刊有魏彧的诗评《忧郁的灵魂——刘

荣恩的诗》，诗评讲："诗人的心里充满了忧愁，也充满了慈爱。异族侵略者的残暴损害没有激起诗人的愤怒，反而洗净他的憎恨，升华他的情感，像站在高山上向苍冥的宇宙说着灵魂上神秘的语言的先知，把世俗的憎恶仇恨都溶进他深厚博大的爱和怜悯里。他恐惧的不是绞架刺刀和那群说着生疏的异国语言的暴徒，而是灵魂的受虐待，被屠杀，湮没在沙漠的荒凉里的寂寞。——他要求人们保持灵魂上的澄清明洁，忠实的服役于美的情感。像那个古代的哲学家，在被异族虐杀前，还谨慎的画着圆圈，怕被粗鲁的兵士所损坏。""然而在这严寒的地带上，当异族的炮车辚辚的开进了我们的城，土地受着侮辱，人民受着侮辱，在人群骚乱着不是仓皇奔逃，就是拿起来武器抵抗的时候，谁又肯伫足于讲坛前倾听圣者用古老的语言把香膏涂抹于灵魂的创口上。他们要的是火，火的情绪，火的语言。""我们的诗人却是大海，海是不能燃烧的。"这是一篇很有见地的诗评。作者魏彧，生平不详，能查到的曾在《文艺时代》上发表过诗剧《灯伞上的彩绘》和诗《寄意》，应该是位爱诗者。从刊发在《文艺时代》第1卷第6期其整理的刘荣恩《书简》来看，与刘先生有较多书信往来，因此对诗人和诗作能有较深的理解。据《书简》中1946年11月16日的信，魏彧还曾为刘荣恩的第一部诗集作一批评，刊在《文青》的刊物上，可惜未能查到这刊物。

更难得的，李广田也曾撰有诗评《刘荣恩的诗》。此文1946年10月10日作于天津，刊于1946年10月28日《侨声报·星河》。查2010年出版的《李广田全集》，未见编入这篇诗评。

刘荣恩先生2001年在伦敦病逝。

（原载《新文学史料》2019年第1期）

编后记

近些年刘荣恩的诗受到学界的关注，但因其诗集都是自印，每种又限印100本，见到不易，窥得全豹就更难。1984年远在英国的刘荣恩先生写信给我，信中说“手头我是一本自己的诗集也没有”，多年来想“把我的诗收集起来从头整理一下，出本选集”。但那时出诗集根本没有可能。1985年刘荣恩先生的女儿刘陶陶博士到北京，请我帮忙复印她父亲诗集，也没有能全部复印。此事我一直是耿耿于心，感到有责任完成刘荣恩先生的这一愿望。机会终于来了，四川大学文学与新闻学院组织编辑“中国现代文献学文丛”，其中由我来选编一本，于是就编了这本《刘荣恩诗集六种》。

刘荣恩，1908年11月14日生于浙江杭州。1930年燕京大学毕业，1931年入南开大学任教。抗战期间执教于天津工商学院，1946年参加南开大学复校工作。1938年至1945年印行诗集《刘荣恩诗集》《十四行诗八十首》《五十五首诗》《诗》《诗二集》《诗三集》，此外还编有诗刊《现代诗》。1948年获得英国文化委员会奖金入牛津大学Balliol学院进修，此后一直留在英国著书、翻译、作画。1972年英译《元曲六出》由Penguin书店出版。2001年5月6日在伦敦病逝。

本书编入的刘荣恩六种诗集，按印行时间编排，以原书为底本录入。繁体字均改为现行简体字，有些用字也依现行规范进行了统一，如“陷井”改为“陷阱”，“哑吧”改为“哑巴”等。六种诗集中，《刘荣恩诗集》书后附有“误正表”，该书排印的错误均依此表改正；其他的诗集除明显的脱讹外尽量不做改动，以保持诗作的原貌。《刘荣恩诗集》《诗》《诗二集》三本诗集的作品原书是分卷编排，本书为体例统一不再标出。诗集后附文4篇，供读者参考。

本书是在今年初疫情严重期间编校，交稿后没想到责编郭晓鸿很快就排出校样并完成了书稿初审。我收到校样后首先核对了晓鸿发现的问题，又按原书仔细地校对了一遍，发现并改正了一些误录。

诗集终于就要问世了。明年是诗人刘荣恩先生逝世20周年，诗集的出版应是对诗人最好的纪念。本书的编辑出版得到了刘荣恩先生之女刘陶陶博士的授权，我夫人徐丽松做了大量的文字录入工作。在此特作说明，一并表示谢意。

刘福春

2020年8月26日